La voz del ángel

FRÉDÉRIC LENOIR

La voz del ángel

Traducción de
Marta Cabanillas

Grijalbo narrativa

Papel certificado por el Forest Stewardship Council®

Título original: *La consolation de l'ange*
Primera edición: noviembre de 2020

© 2019, Éditions Albin Michel
© 2020, Penguin Random House Grupo Editorial, S. A. U.
Travessera de Gràcia, 47-49. 08021 Barcelona
© 2020, Marta Cabanillas Resino, por la traducción

El poema «El hombre y el mar» de Charles Baudelaire citado en la página 221 procede
del libro *Las flores del mal. El Spleen de París. Los paraísos artificiales*, Barcelona,
Penguin Clásicos, 2017. Edición de Andreu Jaume y traducción de Lluís Guarner.

Printed in Spain — Impreso en España

ISBN: 978-84-253-5954-5
Depósito legal: B-11.597-2020

Compuesto en Fotoletra, S.A.

Impreso en Black Print CPI Ibérica
Sant Andreu de la Barca (Barcelona)

GR 5 9 5 4 5

Penguin
Random House
Grupo Editorial

En memoria de Victor Hugo
y de Etty Hillesum

El camino de la vida consiste en pasar de la inconsciencia a la consciencia, del miedo al amor.

1

Polonia, enero de 1945

El sufrimiento me ha abandonado por fin. Ya no siento aquellos dolores atroces en la espalda y en la nuca. Ni siquiera tengo frío. ¡Qué alivio! De hecho, no noto mi cuerpo en absoluto. Intento abrir los ojos, pero los párpados ya no obedecen a mi voluntad. No oigo ningún sonido. Mi cuerpo ha dejado de torturarme, pero mi mente está desconcertada. ¿Por qué ya no siento nada? ¿Qué ha pasado?

2

Francia, julio de 2019

La camilla abandona la unidad de reanimación. La empuja una robusta auxiliar de enfermería y cruza la puerta del área de cuidados y rehabilitación. Un enfermero observa el cuerpo del chico que yace con los ojos cerrados y pregunta a la auxiliar:

—¿Está grogui?

—Sí, viene de la sala de recuperación. Lavado de estómago. Me han dicho que lo lleve a la habitación 27.

—¡El mejor sitio posible! En la 27 está la señora Blanche, que está ya en las últimas pero es un cielo. Ni una queja. El personal la adora. Aunque es curioso que metan a un chico joven en la habitación de una anciana.

—No hay otra opción: no quedan camas libres en la unidad.

Con ayuda del enfermero, la auxiliar empuja la camilla hasta la habitación.

—¡Buenos días, señora Blanche! ¡Le traemos un poco de compañía! —suelta el enfermero entrando en el cuarto.

La sonrisa infantil de la anciana contrasta con su piel descarnada y sus ojos oscuros hundidos en las órbitas.

—¡Dios mío, pero qué joven es! —exclama Blanche.

—Veinte años.

—¿Y qué le pasa?

—Anoche lo intentó, pero se salvó. No tardará en volver en sí.

—¿Qué es lo que intentó?

—Suicidarse. Cada vez hay más casos de jóvenes.

—Qué horror…

La auxiliar y el enfermero terminan de colocar al joven en la cama y salen de la habitación. Blanche vuelve la cara hacia su nuevo vecino. No puede evitar mascullar:

—¡Qué guapo eres!

Al mirarlo le embarga una honda emoción. Este joven le recuerda a su único hijo, Jean, que falleció a esa misma edad. Tenía muchos planes y ganas de vivir cuando un coche lo arrolló. ¿Por qué este chico habrá hecho algo así? «Al menos se ha salvado y sus padres no tendrán que afrontar la tragedia de su muerte», piensa. ¿Qué desgracia habrá padecido para no querer seguir viviendo?

3

Polonia, enero de 1945

Ya está, ya me acuerdo. Aquella marcha por la nieve que no terminaba nunca. El agotamiento. La sed. El soldado que me golpeó en la espalda con la culata del fusil porque no caminaba lo bastante rápido. La caída y el dolor atroz. El frío que me carcome. Y después... nada más. ¿Dónde estoy? ¿Por qué no siento el cuerpo? ¿Por qué mis ojos han dejado de ver y mis oídos de oír? Qué extraña es esta noche... Este silencio.

4

Francia, julio de 2019

El joven vuelve en sí. Abre los ojos y los pasea por su alrededor. Su mirada acaba cruzándose con la de Blanche.

—¿Dónde estoy?

—En el hospital, querido —contesta la anciana con una sonrisa.

El chico cierra los ojos y suspira profundamente. Blanche se percata de que aprieta los puños. Ve cómo se le saltan las lágrimas.

—Por suerte estás sano y salvo.

—Por desgracia, sí... —murmura antes de echar la cabeza a un lado.

A Blanche le desconcierta la respuesta, pero hace como si nada; además, le parece que el chaval se ha dormido. Vuelve a abrir los ojos al cabo de un buen rato y pide algo de beber. Blanche señala con la mano el vaso de agua que está sobre la mesilla que separa ambas camas. Él se recoloca las almohadas, coge el mando de la cama e incorpora la cabecera. Después de beber, vuelve a cerrar los ojos mientras exhala otro suspiro.

—¿Cómo te llamas?

El joven permanece en silencio. Su respiración se ralentiza.

—Me encantaría saber cómo te llamas —insiste Blanche con tenacidad, aunque su voz está impregnada de una gran dulzura.

—Hugo —acaba diciendo el chico de forma apenas audible.

—¡Hugo! ¡Es un nombre precioso! Me recuerda a mi escritor preferido: Victor Hugo. ¿Lo conoces?

Hugo vuelve la cabeza despacio hacia Blanche.

—Por eso mis padres eligieron este nombre. Mi madre era profesora de literatura... También era su escritor preferido.

—Era... ¿se ha jubilado?

—Más o menos... Murió cuando yo tenía diez años.

—¡Vaya, lo siento mucho!

—No se preocupe —masculla Hugo esbozando

una tímida sonrisa para que Blanche, cuya bondad percibe, no se sienta mal.

—¿Tienes hermanos o hermanas?

—Una hermana pequeña.

—¿Cómo se llama?

—Louise.

—¿Estáis muy unidos?

—Cuando éramos pequeños lo estábamos más. De mayores nos hemos distanciado un poco. Pero nos llevamos bien. Y, al igual que mi madre, a ella también le gusta mucho Victor Hugo.

—¡Qué maravilla! ¿Y a ti? ¿Lo has leído?

Hugo clava la mirada en el techo. En realidad no tiene muchas ganas de seguir con esta conversación, pero la desconocida no le cae mal, más bien al contrario. Trata de hacer memoria.

—En el instituto. Su poesía me resultaba algo pesada y pomposa.

—En cierta medida, es verdad; pero hay tesoros que no han envejecido en absoluto. Sobre todo, en *Las contemplaciones*. Mira, siempre llevo un ejemplar encima.

Blanche coge un librito bastante grueso con una vieja encuadernación en cartoné. Hugo lo mira y sonríe. Retoma la conversación con un tono más afable:

—Bueno, en realidad solo he leído los fragmentos que nos mandaban en el colegio. Recuerdo un poema en particular que me llamó la atención. Contaba la historia de un sapo al que unos niños habían torturado y del que se apiadó un burro...

—¡Qué poema tan conmovedor! Los niños lo abandonan en un camino después de haberlo torturado, está medio destrozado pero vivo. Entonces llega una carreta tirada por un burro al que también maltrata su amo, y el animal se desvía del camino a duras penas para evitar que la rueda del carro aplaste al desdichado sapo.

—Así es... Cuando lo estudiamos en el colegio yo tendría unos doce o trece años y creo que lloré.

—Yo aún lloro —murmura Blanche con los ojos húmedos—. Es un poema de *La leyenda de los siglos*. No lo tengo aquí, pero me lo sé de memoria, como tantos otros. ¿Quieres que te recite un breve fragmento que se me ha quedado grabado?

—Me encantaría.

Blanche cierra los ojos y vuelve la mirada hacia las profundidades de sus recuerdos infantiles, a los tiempos en que aprendió ese poema, con nueve o diez años. Recuerda haber visto a un gatito al que perseguían unos adolescentes. Sobresaltada, llamó a su madre, que salió a toda prisa para rescatar al animal de la crueldad de los jóvenes. Lo curó y lo adoptó. También recuerda una cosa curiosa. Le alertaron los ladridos de un viejo perro solitario, una especie de vagabundo que callejeaba por el barrio sobreviviendo con las sobras que le daban los vecinos. El perro ladraba tan fuerte, cosa rara en él, que Blanche salió a ver qué sucedía y descubrió a los jóvenes ociosos martirizando al gato. Cuando le contó esta historia a su madre, esta le dijo que a veces los animales eran más compasivos que muchos humanos. Después le dio a leer ese poema de Hugo: «El sapo». A Blanche le impresionó tanto que se lo aprendió de memoria y se lo recitaba a menudo a Nathan, su hermano pequeño. Ahora su memoria está algo dañada, pero aún recuerda algunos versos, que empieza a declamar para Hugo:

Vuelve el borrico exhausto por la tarde, cargado, cansado,
moribundo, ensangrentadas las míseras pezuñas;
da unos pasos en falso, se aparta y se resbala
por no aplastar al sapo que ve en el fango.
Ese asno abyecto, manchado, molido bajo el palo,
es más santo que Sócrates, más grande que Platón.

5

Polonia, enero de 1945

¡Ha vuelto la luz! Veo otra vez. Todo está blanco.
Vislumbro una silueta. Parece un cuerpo humano
echado sobre una sábana blanca. No, no es una sábana, es la nieve. El cuerpo de una mujer está tendido en la nieve, que la cubre en parte. Junto a su
rostro hay algo rojo. De su sien izquierda sale un hilo
de sangre. Se ha golpeado la cabeza con esa piedra
tan grande. Cada vez lo veo más claro. Si no ha pe-
recido por la caída, la pobre mujer habrá muerto
congelada. Ahora distingo su rostro escarchado.
¡Dios mío! ¡Pero si soy yo!

6

Francia, julio de 2019

Hugo ha escuchado a Blanche con los ojos cerrados. Se queda en silencio unos minutos y luego vuelve la cabeza hacia ella.

—Sí, ese burro nos da una lección de bondad...

—¡Y no hay nada más grande en el mundo que la bondad! —declara Blanche.

—Es tan escasa...

—Sí, pero un solo acto de bondad justifica la vida entera.

—Esto que dice es curioso. ¿Cómo es posible que un solo acto de bondad, por muy hermoso que sea, pueda reparar todos los horrores y todos los actos de barbarie que se han cometido desde la noche de los tiempos?

—No repara nada y no disculpa nada. Pero muestra que puede valer la pena vivir la vida... a pesar de todo.

—¡Qué fácil es decirlo cuando en la vida no se han pasado adversidades!

Blanche mira fijamente a Hugo.

—¿Qué adversidades has sufrido?

A Hugo le pilla por sorpresa, le perturban la mirada penetrante y la pregunta tan directa de Blanche. No quiere hablar de él, de lo que le ha pasado. Todavía no. Por eso, con cierto embarazo, acaba respondiendo:

—Basta con ver las noticias para saber que hay mucha gente que sufre, que en todas partes hay miseria, crímenes horribles e injusticias. No sé qué edad tendrá, pero ha vivido lo suficiente para saberlo, y también usted habrá sufrido adversidades.

—Nací en 1927, querido. ¡Puedes hacerte una idea de la edad que tengo! —exclama Blanche con falsa coquetería.

Hugo calcula que tendrá unos noventa y dos años.

—Y llevo mucho tiempo sin ver la televisión ni escuchar «las noticias», como tú dices —prosigue Blanche con tono irónico—. Porque, ¿de qué noticias estamos hablando? ¿Del mundo tal como es? ¿De la vida real que llevan millones de personas? ¿O del espectáculo mediatizado de todo lo malo que pasa en el mundo? Efectivamente, ¡si confundes el mundo con las noticias que dan los periódicos, la radio, la televisión o tu móvil, hay motivos para desesperarse! Yo pienso, en cambio, que el mundo que me rodea está bastante bien, ¡aunque en Francia nos gusta quejarnos de todo!

—¿A usted no le parece que el mundo se ha vuelto loco, que está cada vez peor?

—¡Pues no, querido! Cuando era niña, la gente se moría de un montón de enfermedades que ya se han erradicado. Vivía en un barrio donde te podían liquidar en cualquier esquina. Y cuando mi padre se quedó sin trabajo, no había ninguna ayuda social que nos socorriera. Cuando tenía tu edad, salíamos de una guerra atrozmente mortífera, mientras que hoy en día los europeos viven en paz. Podría seguir así un buen rato, Hugo. Había cincuenta veces más posibilidades de morir por una agresión humana en la época del Imperio romano que ahora. La violencia no ha dejado de disminuir a lo largo de los siglos. Créeme, en muchos aspectos en nuestra época se vive mejor que antes.

—¿Y el terrorismo? ¿No le parece una guerra?

—Es algo trágico, por supuesto. Pero ¿qué es en

comparación con las decenas de millones de muertos en la Segunda Guerra Mundial y el gulag soviético? ¡Todos los conflictos armados de nuestros días provocan menos muertos al año que el tabaco o el alcohol!

—Puede ser, pero vivimos continuamente en guerra. La historia está plagada de violencia.

—El conflicto es el motor de la historia, querido. Sí, es muy triste. ¡Sería muchísimo mejor que pudiésemos vivir sin conflictos, pero, tal y como es el corazón humano, resulta imposible! Lo que voy a decirte te va a chocar, pero el conflicto también puede tener cosas buenas. Si echamos la vista atrás, advertimos que muchos conflictos han permitido que la humanidad progrese. Sin la violencia de la Revolución francesa, quizá seguiríamos viviendo bajo la tiranía de un monarca y de la religión. Si la guerra de Secesión no hubiera existido, tal vez la esclavitud se mantendría en Estados Unidos. Sin las dos guerras atrozmente mortíferas del siglo XX, tal vez Europa no existiría; quizá el horror tenía que alcanzar un nivel semejante para acabar con las ideologías nacionalistas. Y ¿quién sabe si mañana esos recurrentes actos terroristas no acaban produciendo un efecto contrario al esperado y favorecen un verdadero diálogo entre el mundo occidental y el mundo musulmán? El conflicto y la violencia son la esencia misma de la historia, pero, en mi opinión, no cabe duda de que, a pesar y a través de todos esos conflictos, asistimos a un auténtico progreso en numerosos ámbitos.

Tras un momento de silencio, Hugo esboza una leve sonrisa.

—¡Vaya, es usted muy optimista!

Blanche se ríe.

—Según tú, ¿en qué se diferencian los optimistas de los pesimistas?

—En la lucidez. Los optimistas tienden a ver la vida de color de rosa.

—¡En absoluto! Son tan lúcidos unos como los otros y tienen el mismo mundo ante sus ojos. Sin embargo, mientras que los pesimistas dicen: «¡No hay nada que hacer!», los optimistas dicen: «¡Busquemos una solución para resolverlo!».

—Entonces está claro: ¡soy un pesimista!

—¡Y yo una optimista!

—No sé cómo se llama.

—Blanche.

—Qué bonito.

—No es mi nombre real. Me llamo Ruth, pero

desde que tengo memoria siempre me han llamado así. «Nuestra pequeña alma blanca», decía mi abuela, que vivía con nosotros, para referirse a mí. Luego se convirtió en Blanche, y así se quedó.

Hugo tiende la mano a la anciana.

—¡Encantado, Blanche!

Ella la coge y la aprieta con una fuerza que sorprende al joven, habida cuenta de su aparente fragilidad.

—¡Encantada, Hugo!

7

Polonia, enero de 1945

¿Cómo es posible? ¿Por qué puedo ver mi propio cuerpo como si estuviera encima de él? Pero no hay ninguna duda, soy yo. Reconozco mi ropa a rayas, mis zuecos embarrados, mi figura esquelética debido a las privaciones. Incluso puedo ver el tatuaje de mi antebrazo izquierdo. Y me acuerdo de aquella caminata en plena noche para abandonar el campo a causa de la llegada de los rusos. Me acuerdo de mi agotamiento, del frío glacial, de mi caída. Y luego, nada más. ¿Dónde está mamá?

8

Francia, julio de 2019

Se miran a los ojos durante un buen rato. Luego, Hugo nota cómo tiembla el brazo de la anciana y retira la mano.

—Entonces ¿no hay nada en el mundo que la inquiete o la indigne? —prosigue el joven, pensativo.

—¡Claro que sí, hay muchas cosas que me inquietan y me indignan! Lo que te decía es que el mundo está mejor que antes en muchos aspectos, aunque hay cosas muy preocupantes.

—¿Cuáles?

—Aún hay millones de seres humanos que viven en el umbral de la extrema pobreza, lo que es un escándalo, teniendo en cuenta lo opulenta que es nuestra vida. La tierra podría alimentarnos a todos sin problema si supiésemos compartir. También pienso en los que se ven obligados a dejar su país y arriesgan la vida para tratar de sobrevivir en Europa, a los que tanto nos cuesta acoger. Y además está el tema económico, por supuesto. Si seguimos haciendo como el avestruz, viviendo como si nada, vamos directos a una catástrofe mayor, puede que la peor de toda la historia de la humanidad.

—Estoy totalmente de acuerdo. Voté por primera vez en las últimas elecciones y lo hice para dar apoyo a los ecologistas. Me descorazona la forma en que tratamos al planeta, la tierra, los árboles y los animales. Ya ve, ¡destruyen la selva amazónica en beneficio de las multinacionales, que quieren plantar campos de soja para alimentar a unas pobres vacas que viven hacinadas a cientos, o a miles, en granjas-cárceles!

Blanche asiente con la cabeza con gesto grave. Luego le pregunta:

—¿Te gusta la naturaleza?

—Sí. Tenemos una casa en la linde del bosque de Brocelianda.

—¡Qué suerte!

—Siempre me ha molado pasear por el bosque. Puede que sean los mejores recuerdos que tengo de la infancia. ¿Y a usted?

—A mí también me encantan los árboles. ¿Sabes

que son muy sensibles y que se comunican entre sí y con su entorno?

—Sí, he leído un libro que habla de ello. No me extraña. Cuando estoy rodeado de árboles, noto una presencia. No soy creyente, pero siento algo especial cuando me encuentro solo en el bosque.

—¡Dios mío, yo también! Permíteme que te lea otro poema de nuestro querido Victor Hugo, que lo dice de maravilla.

—¡Por supuesto!

Blanche se sabe el poema de memoria, pero, por si acaso, coge el libro y lo hojea un rato. Su mirada se detiene en una página que lee en silencio antes de comenzar a recitar, en voz alta y con los ojos cerrados:

Árboles del bosque, vosotros conocéis mi alma;
a merced de los envidiosos, la multitud elogia o vitupera,
vosotros me conocéis bien. Me habéis visto con
*   frecuencia*
mirando y soñando solo en vuestra espesura,
y no ignoráis que la piedra donde un escarabajo corre,
la insignificante gota de agua que cae de flor en flor,
una nube, un pájaro, me ocupan un día entero.
La contemplación me absorbe y colma mi corazón
*   de amor.*

Hugo también cierra los ojos durante la lectura del poema. Se vuelve a ver de niño, luego de adolescente, caminando por el bosque. Se ve sentado al pie de un gran roble varias veces centenario. Aún siente su fuerza y su serenidad.

Me habéis visto a menudo en los valles oscuros,
con las palabras que el espíritu dice a la naturaleza,
interrogar en voz baja vuestros estremecidos ramajes,
y con la misma mirada proseguir a un tiempo,
pensativo, la cabeza inclinada, el ojo en la profunda
   hierba,
el estudio de un átomo y el estudio del mundo.
Atento a lo que decís en susurros,
árboles, me habéis visto huyendo del hombre,
   buscando a Dios.

Tras el fallecimiento de su madre, fue a gritar su rabia y su dolor en medio del bosque. Después se abrazó a su roble un buen rato, lloró todas las lágrimas que albergaba su cuerpo y sintió algo de consuelo.

Hojas que os estremecéis en las puntas de las ramas,
nidos de los que el viento arranca las plumas blancas,

claros de los bosques, verdes valles, desiertos dulces
   y sombríos,
sabéis que estoy tranquilo y soy puro como vosotros.
Así como eleváis vuestros perfumes al cielo, yo elevo
   mi culto a Dios,
y en mí reina el olvido, como el silencio en vosotros.
Inútilmente el odio derrama su hiel sobre mi nombre,
porque siempre —os lo aseguro, ¡amados bosques
   del cielo!—
rechazo todo pensamiento amargo,
mi corazón es aún tal como lo formó mi madre.

También recuerda que a veces, tras una discusión,
un desengaño amoroso o cuando no se sentía a gusto
consigo mismo, le gustaba buscar cobijo en los árboles. Solía encontrar así la paz interior.

Árboles de los bosques, que sin cesar tembláis,
os profeso gran cariño, y a vosotros también,
hiedra del umbral de las sordas cavernas,
barrancos en los que se oyen los manantiales filtrarse,
arbustos que picotean los pájaros, invitados felices.
Cuando me hallo entre vosotros, árboles de los bosques,
en todo lo que me rodea y me esconde a la vez
en vuestra soledad, cuando entro en mí mismo,
siento a un ser magnífico que me escucha y me ama.

Se ve acariciando la suave corteza de los abedules y contemplando su follaje bailando al viento. Recuerda una mañana, en un claro, en que vio un rayo de sol abriéndose paso entre las ramas, y el sentimiento de unidad y de amor que entonces experimentó.

Bosques sagrados, en los que Dios se dignó revelarse,
cipreses, robles, musgos, bosques.
A vuestra sombra y en vuestro misterio,
bajo vuestro ramaje augusto y solitario,
quiero que se cobije mi ignorado sepulcro,
ahí quiero dormir cuando el sueño me venza.

Blanche cierra el libro y permanece en silencio un buen rato. Irradia una profunda alegría interior. Hugo también se ha emocionado. Le sienta bien conectar con esos recuerdos felices.

9

Polonia, enero de 1945

¡Debo de estar muerta! Pero, entonces, ¿cómo es que puedo pensar? ¿Y cómo puedo ver sin los ojos del cuerpo? Al menos ya no me duele nada y tampoco tengo frío. Me he calmado, pero una pregunta me obsesiona: ¿qué ha pasado con mamá? Caminaba a mi lado cuando me caí. De pronto estoy a su lado: camina junto a los demás con este frío glacial. Siento la pena infinita de su corazón. Me gustaría decirle que estoy ahí, pero no puedo comunicarme con ella. ¿Qué es ese ruido? ¿También puedo oír? Un zumbido se expande en mis oídos. Ya no tengo cuerpo, pero puedo ver, oír y sentir emociones. ¿Dónde estoy?

10

Francia, julio de 2019

Hugo acaba tomando la palabra:

—Gracias, Blanche, por esta lectura tan bonita.

—De nada, estoy encantada de compartir contigo esos poemas que me gustan tanto.

—Dirá que soy pesimista, pero ¿no la enoja ver cómo se trata a los árboles? ¡La de bosques vírgenes que se talan y la de especies animales que desaparecen para siempre! Actuamos sin tener ninguna consideración por el resto de los seres vivos, con el único objetivo de sacar beneficio. ¡Este mundo me asquea!

—Tienes toda la razón. Esto también me inquieta: a nuestra civilización solo le mueve el afán de lucro, la rentabilidad, el bienestar material. Destruimos el equilibrio natural a velocidad de vértigo y solo buscamos con desenfreno el beneficio a corto plazo.

Y nos olvidamos de lo básico: para sentirse realizado, el ser humano necesita tan solo dotar de sentido a su vida y vivir en armonía con su entorno, y la seguridad y el confort material. Si queremos que las cosas mejoren, tendremos que aprender cuanto antes a pasar del «siempre más» al «ser mejor».

—¿Y cree que eso es posible?

—¿Por qué no? En primer lugar, depende de cada uno de nosotros. No esperemos que los demás lo hagan en nuestro lugar. ¿Conoces esta frase de Gandhi?: «Seamos el cambio que queremos ver en el mundo».

Hugo se queda pensativo un momento.

—Es bonito, pero me parece utópico.

—¡Muchas utopías de ayer se han convertido en las realidades de hoy, querido! Tomemos como ejemplo a los primeros filósofos de la Ilustración. Ya en el siglo XVIII preconizaban la democracia en un Estado de derecho que garantizase la libertad de conciencia y de expresión a todos los ciudadanos. En aquella época, eso era totalmente utópico y sufrieron burlas y persecución. Luego sus ideas han prevalecido a lo largo de los siglos y hoy en día nos parece el mejor sistema político.

—¡Tiene usted mucha cultura, Blanche! ¿A qué se dedicaba?

Blanche sonríe.

—Tu madre era profesora de literatura, ¿no?, pues yo lo era de filosofía. Toda mi vida he dado clase en secundaria, pero lo he compaginado con otras muchas cosas.

—¿Cosas como qué?

—He colaborado con varias asociaciones para ayudar a los jóvenes de barrios desfavorecidos, en favor de los animales, en defensa de los derechos de la mujer. Y, además, me apasiona todo en la vida: ¡la poesía, la música, el cine, el teatro y un sinfín de cosas más!

—Usted debe de amar la vida.

—No la amo, ¡la adoro!

—Pero también habrá vivido momentos dolorosos, ¿no?

Blanche cierra los ojos y deja escapar un hondo suspiro. Después los abre y contesta:

—¡Dios mío, claro que sí! ¡Muchos más de los que hubiera imaginado que podría soportar en una sola existencia! Pero ¿sabes? La vida me ha dado fuerzas para superarlos, ¡y también he tenido grandes alegrías! Además, creo que los momentos dolorosos y los alegres van a la par: cuanto más nos han herido el alma, más alegría es capaz de recibir y más abierta está a dejar que la luz pase a través de sus fisuras.

A Hugo le sorprenden estas palabras, casi le desconciertan. Pero no se siente con fuerzas para discutirlas. En cualquier caso, no ahora. Tras pensarlo un rato, prosigue:

—¿Por qué está usted aquí?

—¡Para morir!

—¿Morir? ¿De qué?

—Tengo una insuficiencia renal grave y llevo años con diálisis. Todo está empeorando en mi interior y ya estoy harta de someterme a la diálisis cada dos días. Hace cuatro días les dije que quería dejarla. ¡Ya he vivido bastante!

—Si no me equivoco, no se puede vivir una semana sin diálisis en los casos más graves.

—Eso es justo lo que me ha dicho el médico y por eso estoy aquí, para esperar la muerte. Parece que sabes algo del tema. ¿Tienes algún familiar que haga diálisis?

—No, pero sé algo de medicina...

—¿Y eso?

—Mi padre es cirujano... —añade Hugo apretando los dientes.

—Ah, vale. ¿Estás estudiando medicina?

46

Hugo mira por la ventana. Blanche entiende que ha tocado un tema sensible y respeta su silencio. El chico acaba volviendo la vista hacia la anciana. Blanche advierte que tiene los ojos rojos.

—He intentado suicidarme porque he suspendido por tercera vez el examen de ingreso en medicina... No soportaba la idea de decírselo a mi padre.

11

Polonia, enero de 1945

El zumbido aumenta. Ahora siento que una ráfaga me envuelve. Mi visión cambia: veo un túnel oscuro. La ráfaga me arrastra por el túnel a una velocidad de vértigo. De pronto, ante mis ojos desfilan con una rapidez increíble imágenes de mi pasado. Me veo de niña jugando a la rayuela en el jardín de mis abuelos. Veo a mi padre en el ataúd y al rabino recitando oraciones. Me veo cayendo de un columpio y llorando hasta que me consuelan los brazos de mi madre. Me veo con mi hermano pequeño enterrando un gato muerto y pidiendo a Dios que lo acoja en el paraíso. Veo los pupitres del colegio y a mi mejor amiga, Suzanne, inclinándose sobre mi hombro para copiarse. Veo, después, a mi madre y a mi abuela preocupándose por la victoria de los alemanes y por la suerte de nuestra comunidad. Me veo prendiendo por primera vez la estrella amarilla en mi vestido juvenil para que todo el mundo sepa que soy judía. Es extraño, porque siento a la vez mis sentimientos y los de los demás. Y, sobre todo, ya nada me preocupa.

12

Francia, julio de 2019

A Blanche le cuesta comprender que alguien intente acabar con su vida en la flor de la edad por haber suspendido un examen. Pero ha vivido lo bastante para saber que se puede estar encerrado en la cárcel del corazón o de la mente, y eso nos impide tomar distancia con los acontecimientos. Se pregunta cómo ha podido Hugo llegar a tal grado de desesperación, pero no sabe cómo sondearlo sin que se cierre en banda.

—¿De verdad querías aprobar el examen? —suelta al final.

—Tal vez sea esa la cuestión —contesta Hugo con una sonrisa—. No sé si tengo respuesta, pero me lo he preguntado.

—Está claro que querías complacer a tu padre,

pero ¿hay otra cosa que te apasione, otro deseo íntimo que hayas ignorado por seguir el mismo camino que él?

—No lo sé, me gustan muchas cosas, pero de ahí a que se conviertan en mi profesión... Además, la medicina me gusta, de verdad, sobre todo la biología. Pero en primer curso prácticamente solo se estudia matemáticas y física, así seleccionan a los que acceden a la carrera, y a mí nunca me han entusiasmado. Suspendí dos años consecutivos por poco y ahora, que he suspendido por tercera vez, se acabó para mí.

—¡Es ridículo que seleccionen a los futuros médicos por las matemáticas!

—Sí, pero así es como ponen a prueba nuestra mente lógica y nuestra capacidad para trabajar como burros. Somos como robots.

—Más bien deberían seleccionaros por vuestras cualidades humanas y vuestra capacidad psicológica y de escucha, y también por los conocimientos relacionados con la práctica de la medicina, como la anatomía o la biología.

Hugo suelta una risa nerviosa.

—¡Ja, ja, ja! ¡Nada que ver con la realidad! Dicen que van a modificar los criterios de acceso en segundo curso, que es donde se produce la verdadera selección. De todas formas, para mí está todo perdido.

—¿Qué te apasiona? ¿Qué te gusta hacer en tu tiempo libre?

—¡Jugar a videojuegos!

Blanche se echa a reír.

—¿En serio? ¿A tu edad?

—Sé que es extraño para su generación, pero nosotros hemos nacido con una tableta en las manos. Como mis padres estaban muy ocupados, ya desde pequeños nos dejaban a mi hermana y a mí en nuestra habitación, viendo dibujos animados o jugando a la consola. Después tomaron el relevo la tableta y el ordenador y me pasé la adolescencia jugando en línea con mis amigos.

—¿A qué tipo de juegos jugabais?

—De todo un poco, pero, sobre todo, a juegos donde había que conseguir algo: encontrar un tesoro, matar a los enemigos, ganar vidas...

—¡Ganar vidas! ¡Ja, ja, ja! ¡En lugar de vivir, ganabas vidas pasando el tiempo con la nariz pegada a una pantalla! ¡Ja, ja, ja!

Blanche se da cuenta de que ha molestado a Hugo, que vuelve la mirada.

—Lo siento, Hugo. No quería burlarme de ti. Pero

es cierto que, a mí, ese tipo de juegos me parecen una especie de huida del mundo real. No te juzgo, solo quiero compartir lo que pienso contigo.

Hugo mira a la anciana.

—No le falta razón. Como nunca me ha gustado mucho estudiar, a casi ninguno de mis amigos le gusta, me chuto dopamina jugando.

—¿Qué dices que haces?

—¿Sabe qué es la dopamina?

—Una sustancia química que proporciona bienestar, ¿no?

—Así es. Nuestro cuerpo la produce de forma natural cuando recibe el estímulo de una actividad agradable en la que nos concentramos por completo. Puede ser un deporte, la visión de una película, una lectura muy interesante... Pero, sobre todo, los videojuegos, que acaparan toda nuestra atención y nos estimulan sin cesar. Hay investigadores que dicen que nos pasamos la vida buscando chutes de dopamina, que eso es lo que nos guía en nuestras elecciones.

—Es una teoría interesante, aunque pienso que es un tanto reduccionista.

—¿Por qué?

—Porque los seres humanos no buscan constantemente el placer. Hay una diferencia entre el placer, que es la satisfacción momentánea de un deseo o de una necesidad, y la felicidad, que es un estado del ser más global, más profundo y más duradero que no solo depende del placer.

—No creo demasiado en la felicidad.

—¿Tal vez porque nunca has sido feliz de verdad?

Hugo permanece pensativo un rato.

—Es probable. ¿Y qué hace falta para ser feliz, en su opinión?

—El placer, pero no solo. Hace falta que nuestra vida tenga sentido. Que responda a las necesidades más elementales de nuestro ser.

—¿Ah, sí? ¿Y cuáles son esas necesidades para usted?

—¡Eso tienes que decírmelo tú! No todos tenemos el mismo carácter ni las mismas aspiraciones.

—¿Quiere decir que la felicidad depende de la sensibilidad o de la personalidad de cada cual?

—Hay criterios universales que son válidos para todo el mundo, como el amor, tener buena salud o que te guste tu trabajo. Pero luego cada uno se sentirá realizado con tal o cual profesión, con tal o cual relación amorosa o con tal o cual estilo de vida que se correspondan con su sensibilidad, su carácter o sus aspiraciones más íntimas.

—Entonces ¿eso significa que para ser feliz antes hay que aprender a conocerse bien?

—¡Exacto! Como decía nuestro viejo Sócrates: «Conócete a ti mismo». ¡Todo se basa en eso!

—Pero, en concreto, ¿cómo nos conocemos? ¿Cómo podemos saber qué es lo que nos conviene, aquello para lo que hemos nacido? No es tan sencillo...

—Tienes razón, ¡pero hay un criterio infalible!

—¿Ah, sí? ¿Cuál?

—¡La alegría!

—¿La alegría?

—Sí. ¿Qué te pone alegre? No me refiero al mero placer, como el que te procuran los videojuegos, ni al bienestar. ¿Qué te sume en una emoción tan poderosa y honda como es la alegría?

—No lo sé...

—Dedica tiempo a preguntarte qué es lo que te sienta bien, lo que te pone alegre, y acabarás descubriendo para qué estás hecho.

—Pero, para volver a la felicidad, ¿no cree que hay personas más aptas para la felicidad que otras? Por ejemplo, usted es optimista, y yo, pesimista. La felicidad también depende bastante de la genética, ¿no?

—Sin duda, pero no solo. Leí un estudio científico

estadounidense en el que se decía que la felicidad depende en un cincuenta por ciento de nuestra herencia genética, en un diez por ciento del contexto geográfico y cultural en el que hemos nacido, y en un cuarenta por ciento de nuestra actitud frente al mundo y de nuestras elecciones vitales.

—Qué interesante...

—Me quedo con que la felicidad en buena parte depende de nosotros, porque la vida así me lo ha demostrado. Ya te he contado que he pasado por momentos muy duros, pero nunca me he hundido, ya que siempre pensaba que podía salir adelante aunque otros se hubieran estrellado ante las mismas adversidades.

—¡Sí, pero es por su carácter optimista, Blanche! Agradézcalo a sus genes.

Blanche rompe a reír. Hugo echa un vistazo a la silla que está al otro lado de la cama, donde han dejado sus pertenencias. Rebusca en los bolsillos y suelta con tono contrariado:

—¡Mierda! ¡Esos cabrones me han quitado el móvil!

13

Polonia, enero de 1945

El desfile de imágenes del pasado no cesa y despierta en mí recuerdos cada vez más dolorosos. La muerte de mi abuela, la única que he conocido. El momento en que mis primos desaparecieron y tuvimos que escondernos para escapar de la redada. El instante en que nos arrestaron a mi madre, a mi hermano y a mí. El viaje interminable en varios trenes y luego aquel campo de concentración en Polonia, rodeado por un alambre de espino. Los trabajos forzados, las humillaciones, el frío, el barro, el hambre, el horrible olor a carne quemada, el sentimiento de verme privada de humanidad. La muerte de mi hermano pequeño, al que se lo llevó una neumonía fulminante. La repentina evacuación del campo y la caminata forzosa por la nieve hasta que me caigo y mi cabeza se golpea con una piedra. Los soldados me dan por muerta y no se molestan en rematarme. Pegan a mi madre, deshecha en lágrimas, que se niega a dejarme. Veo todo ese horror y siento pena, pero a pesar de todo me siento en paz. ¿Cómo es posible?

14

Francia, julio de 2019

Justo entonces, una enfermera acompañada por un médico y un joven interno entran en la habitación.

—Bueno, ¿cómo te encuentras? —suelta el médico a Hugo mientras la enfermera le toma la tensión.

—Bien —contesta Hugo, lacónico.

—¿Has ido al servicio?

—Aún no.

—¿Tienes hambre? —prosigue el médico mientras examina la lengua del joven.

—No, en absoluto.

—La tensión sigue un poco baja, pero no es grave —continúa el médico tras echarle un vistazo al tensiómetro.

Ausculta a Hugo con el estetoscopio, le toma el pulso y, con una amplia sonrisa, concluye:

—A nivel físico, todo está bien. Mañana por la mañana vendrá a verte el psiquiatra.

—¿Para qué? —responde Hugo con brusquedad.

El médico parece algo desconcertado y acaba contestando también con brusquedad:

—Es el protocolo tras un intento de suicidio.

—¡Tonterías! —se subleva Hugo—. ¿Cuánto tiempo he de quedarme aquí?

—Saldrás tras el informe del psiquiatra. Espero que ya no tengas pensamientos tan oscuros.

Hugo mira hacia otro lado y se queda callado. El médico se vuelve hacia Blanche.

—La trata el doctor Guérin, ¿verdad?

—Así es. Ha pasado esta mañana. Todo va bien, me estoy apagando poco a poco.

El médico esboza una sonrisa mecánica y se dispone a abandonar la habitación en compañía de la enfermera y el médico residente. De pronto cambia de idea y se vuelve hacia Hugo.

—Por cierto, tu padre, el profesor Gendron, ha pedido permiso para venir a verte esta tarde. Normalmente, solo se autorizan las visitas tras el visto bueno del psiquiatra, en este tipo de incidentes. Sin embargo, teniendo en cuenta la posición de tu padre, podemos hacer una excepción. ¿Algún inconveniente por tu parte?

—Preferiría que respetase el procedimiento, doctor.

—¿Seguro?

—Sí. Dígale que estoy muy cansado.

—Como quieras.

—Por cierto, ¿podría devolverme el móvil?

—Cuando haya pasado el psiquiatra. Intenta vivir sin él una tarde más, jovencito.

Tras la marcha del personal sanitario, Blanche se dirige a Hugo:

—Entiendo que no quieras ver a tu padre, pero estaría bien que le dijeras la verdad, ¿no?

—¿Que he intentado suicidarme por haber suspendido el examen?

—Es lo que me has dicho.

—Es cierto, pero hay más cosas. El suspenso ha sido la gota que ha colmado el vaso, pero, en el fondo, no amo la vida. Al contrario que usted, creo que no tiene sentido. Damos una vuelta al ruedo y nos marchamos. Algunos se quedan más tiempo. Unos reciben aplausos, otros, abucheos. La mayoría vive entre la indiferencia general. ¡Trabajamos como burros para ganar dinero, formamos una familia y nos compramos una casa como si fuéramos inmortales!

Y al final lo perdemos todo: el trabajo, los amigos, la familia y la casa. ¡Todo desaparece! Entonces ¿de qué sirve tanto esfuerzo? No tiene ningún sentido. Más vale terminar cuanto antes y volver a la nada de donde hemos surgido por un desdichado azar.

Blanche, conmovida, escucha a Hugo con la cabeza ligeramente inclinada hacia él. Entiende muy bien lo que siente el joven. Tras un silencio, le contesta con una voz muy pausada, casi temblorosa:

—Sé cómo te sientes, Hugo. No siempre he amado la vida, ni siempre he pensado que tenía sentido. Cuando tenía diecisiete años padecí las peores adversidades de mi vida y no tenía ningunas ganas de vivir. Solo aspiraba a no sentir, experimentar ni pensar nada más. La existencia me parecía cruel y absurda. Al final sobreviví y entonces, tras ese drama, empecé a vivir de forma plena y descubrí que la vida estaba llena de sentido, magia y poesía, pese a todos los obstáculos y las dificultades con los que nos encontramos, que a veces nos aplastan.

Las palabras de Blanche desconciertan a Hugo. Se siente incómodo y no se atreve a preguntar qué es eso tan terrible que ha vivido y por qué esa desgracia alteró su manera de ver la vida. Prefiere cambiar de tema.

—Me pregunto muchas cosas con respecto a lo que dice, Blanche, pero preferiría ir a tomar un poco el aire. Llevo muchas horas tumbado y me siento lo bastante recuperado para caminar.

—¡Tienes toda la razón! ¡Un poco de ejercicio te sentará muy bien!

Hugo se levanta de la cama despacio, se estira un poco y va al cuarto de baño. Se pone la ropa y sale de la habitación. Una enfermera le dice que no tiene permiso para salir de la unidad y llama al psiquiatra. Como ya está en pie, el médico le propone que le acompañe a su consulta.

Hugo regresa a la habitación una hora más tarde. Blanche, extrañada por su rostro afligido, le pregunta:

—¡Vaya, no parece que la salida te haya alegrado mucho!

—Me he topado con el psiquiatra y me ha sometido al peor interrogatorio de mi vida.

—¿Y eso?

—Que por qué esto, que por qué lo otro, que si bebo, que si me drogo, que si tengo novia, que si tengo tendencias homosexuales reprimidas, que si he superado la muerte de mi madre, que si desde entonces tengo tendencias depresivas, que cómo me llevo con mi padre y con mi hermana, que por qué he querido matarme tomándome medicamentos, que si tengo intención de volver a hacerlo, etc., etc.

Blanche ríe de buena gana.

—¡Comprendo que haya podido molestarte, pero, al fin y al cabo, es su trabajo! La única cuestión que a mí me interesa saber es si aún tienes ganas de morir.

Hugo termina de quitarse la ropa y, en calzoncillos y camiseta, se mete en la cama.

—Le he dicho que no para que me dejase en paz y dejara que me fuera, pero, si he de ser franco, no lo sé. No amo la vida esta tarde más que esta mañana. Hubiera preferido no haber fracasado.

A Blanche le apena esta respuesta y comprende que el malestar de Hugo es muy hondo. Se queda en silencio. El joven intuye su inquietud y retoma la conversación:

—Me doy cuenta de que la hiero. Parece que ama mucho la vida. Apenas la conozco pero la aprecio, Blanche, y, pase lo que pase, habrá sido una suerte para mí cruzarme en su camino.

—Es recíproco, Hugo. El destino es extraño. Nuestros caminos se cruzan justo cuando yo voy a marcharme de esta vida, a pesar de estar tan apegada a ella, y tú deseas irte ya, con lo poco que has vivido y todo lo que te queda por aprender y por descubrir.

—Hoy he aprendido una cosa importante, gracias a usted.

—¿Ah, sí? ¿Cuál?

—Que se pueden haber padecido grandes adversidades y seguir teniendo ganas de vivir. Me gustaría que mañana me contara lo que le pasó, Blanche. Ahora estoy agotado. Me tragaré este somnífero que me ha dado el psiquiatra y trataré de dormir.

—Por cierto, ¿te ha dejado salir?

—¡Qué va, menudo desgraciado! ¡Me mantiene en observación y se niega a devolverme el móvil!

—¡Bueno, debo de ser muy egoísta, pero me alegro de que pasemos juntos unos días más!

—Es lo único que me consuela, Blanche.

—¡Ya veremos quién se va primero!

Sueltan una carcajada de complicidad antes de que Hugo apague la luz y se acurruque bajo las sábanas. Blanche coge su libro, lo abre al azar y, como todas las noches, saborea los versos de Victor Hugo que se entregan a sus ojos cansados. Estos están dedicados a la memoria de Léopoldine, su tan querida hija, que, con diecinueve años, se ahogó en el Sena.

El poeta nunca se repuso, pero este trágico suceso le inspiró sus poemas más hermosos. A Blanche esos versos le conmueven aún más, si cabe, porque le recuerdan a su hijo, Jean, quien, de niño, acudía a menudo a su despacho para molestarla y jugar con sus papeles y sus libros.

Tenía por costumbre, en su edad temprana,
pasar en mi cuarto un rato por la mañana;
yo la aguardaba como se aguarda la primera luz del día.
Ella entraba y me decía: «¡Buenos días, querido papá!».
Me quitaba la pluma, abría los libros, se sentaba
en mi cama, me embarullaba los papeles y reía;
luego, súbitamente se iba, como un ave de paso.
Entonces reanudaba yo, algo más descansado,
el interrumpido trabajo, y al seguir escribiendo, entre
*   los manuscritos,*
encontraba a menudo algún arabesco loco que ella
*   había dibujado*
y muchas páginas blancas arrugadas por sus manos,
en las que, no sé por qué, estaban mis mejores versos.
Amaba ella mucho a Dios, las flores, los astros,
*   los verdes prados,*
era ante todo un espíritu antes de ser mujer,
su mirada reflejaba la claridad de su alma.
Me lo preguntaba todo siempre que hablaba conmigo.

¡Oh!, cuántas noches de invierno radiantes y deliciosas
conversando sobre lengua, sobre historia y gramática,
mis cuatro hijos apiñados en mi regazo,
cerca de mí su madre y algunos amigos junto al fuego
  charlando.
A esa vida llamo yo ser feliz con muy poco.
Y ella murió, que Dios me ampare.
Si ella estaba triste, yo nunca estaba contento,
me entristecía incluso el baile más animado,
si la más leve sombra empañaba el resplandor
  de sus ojos.

15

Polonia, enero de 1945

Estoy serena, pero siento también una tristeza infinita. Una pena inconsolable. Me gustaría morir otra vez y no sentir nada más... De pronto, parece que todo se detiene según mi deseo. Ya no veo nada, ya no oigo nada. Esta vez sí moriré. Voy a morirme de pena y el recuerdo de esta vida se borrará para siempre.

16

Francia, julio de 2019

El día ha empezado mal para Hugo, ya que su padre
ha ido a visitarlo a primera hora. Blanche quería
dejar que hablaran con calma, y ha aprovechado la
ocasión para salir al jardín del hospital a tomar un
rato el aire. Claire, una auxiliar de enfermería ori-
ginaria de Martinica, ha empujado su silla de ruedas. Aunque Blanche se siente cada vez más débil,
todas sus capacidades intelectuales, sensitivas y
emocionales siguen intactas. Ya no ingiere alimentos pero aún bebe un poco. Sabe que le quedan dos
o tres días de vida y quiere disfrutar de sus últimos
momentos.

Pide a la auxiliar que la lleve hasta un macizo de
rosas blancas. Claire logra alcanzar un tallo y acerca
la flor al rostro de la anciana. Blanche cierra los ojos

y aspira despacio el perfume de la rosa. Una inmensa sensación de bienestar la invade.

—¡Qué maravilla! —murmura antes de volver a meter la nariz entre los pétalos de la flor que le han brindado.

—¿Le gustan las rosas, señora Blanche? —le pregunta Claire, a quien le agrada cuidar a la anciana.

—¡Uy, sí! En mi jardín tenía distintas variedades de rosales. Y también lilas, madreselva y un jazmín. ¡Me encantan sus aromas!

—¡Sí, huelen muy bien! Mi madre tiene lilas en el jardín. Cuando voy a verla y están floreciendo hago lo mismo que usted: ¡hundo en ellas la nariz antes incluso de darle un beso a mi madre!

—¿Puedes llevarme junto a ese tilo de allí?

—Con mucho gusto, señora Blanche. No sabía que este árbol fuera un tilo. ¡Vaya, vaya, veo que entiende de árboles!

—Las plantas, las flores y los árboles son una de mis pasiones... ¡junto con los animales!

—A mí también me gustan los animales. Tengo un gato que se llama Babou. Es enorme y no hace más que ronronear.

—¡Qué suerte! Siempre he tenido animales, pero la última gatita que tuve falleció el año pasado y, como sabía que no me quedaba mucho tiempo, no quise adoptar otra.

—La echará de menos.

—¡Más de lo que te imaginas! Nos encariñamos tanto con los animales... Son muy cariñosos, sensibles e inteligentes. Cuando pienso que hay quien los maltrata...

—¡Es terrible! ¡Pero también algunos seres humanos sufren maltrato! Vemos llegar tantos aquí, a urgencias. Sobre todo mujeres y niños. Me entristece mucho que haya tanta crueldad.

—Tienes razón, Claire. Como decía el poeta Lamartine: «No se tienen dos corazones, uno para los humanos y otro para los animales. Se tiene corazón o no se tiene». Y si tenemos corazón, nos afecta el sufrimiento de cualquier ser vivo.

Al llegar junto al tilo, Blanche pide a Claire que pegue la silla al tronco del árbol para que pueda tocarlo. Pone las manos sobre el tronco con delicadeza y cierra los ojos. Habla mentalmente al árbol y le agradece la fuerza y la serenidad que le infunde.

Tras permanecer en silencio un buen rato, Blanche pide a Claire que la lleve a su habitación. La anciana constata con alivio que el padre de Hugo se ha marchado ya. El chico no parece muy afectado por esa visita que tanto temía. Recibe a Blanche con una amplia sonrisa.

—¡Eh, me estaba preguntando si no se habría fugado!

—He dado una vuelta muy agradable por el jardín con la ayuda de Claire. ¡Yo sí estaba preocupada por ti! ¿Qué tal ha ido con tu padre?

—Me ha sorprendido. Estaba mucho más pendiente de mí y más atento que de costumbre. De hecho, cuando le he dicho que no había tenido el coraje de confesarle que había vuelto a suspender el examen, se le han saltado las lágrimas y me ha pedido perdón.

—¡Qué bonito! Cuánto me emociona oírlo.

—Sí, me ha impresionado mucho, pero no he sabido qué decirle. Nos hemos quedado un rato en silencio cogidos de la mano. Después me ha dicho que podía estudiar lo que quisiera, que lo importante es que sea feliz. Y luego se ha ido. Volverá mañana con mi hermana.

—¡Es fantástico! Aunque es triste que hayas tenido que cometer un acto tan violento para que lo comprendiera.

—Creo que no se da cuenta de la presión a la que siempre nos ha sometido a mi hermana y a mí para que fuésemos buenos estudiantes.

—Seguro que pensaba que lo hacía por vuestro bien. ¡Es muy habitual! Muchos padres piensan que sus hijos deberían hacer esto o lo otro para ser felices o para triunfar en la vida, pese a que, si los escucharan realmente, descubrirían que sus hijos no son como ellos, no tienen por qué tener las mismas aspiraciones o las mismas aptitudes, que lo que los haría felices sería tomar otro camino. ¡Por eso se dice que «el infierno está lleno de buenas intenciones»!

—Sin duda...

—Sin embargo, lo importante, ahora que empiezas a liberarte de lo que piensa tu padre, es saber qué quieres hacer tú en la vida.

—Ya se lo he dicho, no tengo ni idea. Aparte de mis colegas, no me molan muchas cosas.

—¿Tienes novia?

—No en especial.

—¿Qué significa eso?

—Nada estable. Tengo líos con algunas chicas, pero nada importante.

—¿Te has enamorado alguna vez?

—Sí, pero no duró mucho. Me desilusioné enseguida.

—¿Te han decepcionado las mujeres?

—No, más bien me decepcionó el amor Digamos que muy pronto me di cuenta de que lo que sentía por mis novias era deseo más que otra cosa y no me interesaba nada más de ellas, cuando la relación era más duradera.

—¿Porque te sentías atraído por otras chicas?

—Sí, pero, sobre todo, porque prefiero ver a mis amigos o jugar con los videojuegos antes que estar con ellas.

—¡Me parece que todavía no te has enamorado de verdad! O, al menos, que no has conocido las capas más profundas del sentimiento amoroso, no has ido más allá de la primera impresión, ligada al deseo sexual. Llegará el día en que te apetecerá profundizar en una relación, entonces descubrirás cuán gozoso es el amor que das a una persona y el que esa persona te da.

Hugo suelta una risa nerviosa.

—¡Qué gracia me hace! La cosa es que a veces he oído hablar de eso, pero no me lo creo en absoluto.

—¿No crees en el amor?

—Creo que cuando existe una atracción entre un

hombre y una mujer, o entre dos personas del mismo sexo, eso da igual, todo está en la química del cerebro. Nos encontramos en un estado de efervescencia amorosa porque nuestro cerebro segrega dosis masivas de dopamina. Al mismo tiempo bajan los niveles de serotonina, la hormona de la lucidez, entre otras cosas. Y, después, cuando pasamos a tener una relación más cariñosa y estable, nuestro cerebro segrega oxitocina, la sustancia del apego. Y todo eso tiene una duración limitada. Lo llamamos amor pero es, sobre todo, atracción biológica, química.

—¡Me dejas de piedra! Yo no sé tanto, pero creo que el amor es algo más complejo que unas simples interacciones químicas.

—¿Ah, sí? ¿Qué es?

—Cuando amamos, vemos la vida de otra manera. Todo se vuelve más alegre.

—¡Es verdad, pero se debe a la invasión de dopamina!

—Puede ser, pero también se debe a que dos almas se encuentran y vibran al unísono. Lo que me dio más alegrías cuando conocí a mi marido y durante los cuarenta y tres años de convivencia, no fue tanto el deseo carnal como vivir con él. Amaba todo su ser, incluidos sus defectos y sus debilidades. ¡Eso era lo que más me enternecía! No todo fue fácil y perfecto. Pasamos momentos complicados y tuvimos que superar obstáculos. Pero sentíamos una gran complicidad y nada nos hacía más felices que ver feliz al otro.

—Habla de él en pasado... ¿Falleció?

—Sí, hace diez años.

—¿Y no tuvieron hijos?

—Sí. Un hijo, Jean. Murió atropellado por un conductor borracho.

—Lo siento, lo siento mucho —murmura Hugo, entristecido por la noticia.

Blanche le tiende la mano. Él se la coge. Después ella sigue hablando con una sonrisa en los labios.

—Quizá por ese motivo enseguida me he encariñado de ti: tenía tu edad cuando se fue. No te juzgo. Seguro que tenías razones para hacerlo. Pero pienso en tus allegados, en tu padre, en tu hermana, en tus amigos... Me figuro su dolor si hubieras fallecido.

—Cuando tomé esa decisión solo pensaba en terminar de una vez por todas. Además, tenía los nervios machacados de tanto estudiar para el examen. Seguro que no estaba muy lúcido. Al ver a mi padre me he dado cuenta de lo afectado que estaba. Habría cargado con ese peso el resto de su vida.

—La pérdida de un hijo nunca se supera. Al principio estás devastado. No hay nada que pueda aliviar tu tristeza ni tu enfado con la vida. Y luego, según pasa el tiempo, aprendes a vivir con ello. Recuerdas momentos maravillosos que habéis pasado juntos y te percatas de que tu hijo sigue vivo en tu memoria, en tu corazón. Aun así, siempre echas de menos su presencia, su risa, sus lágrimas. Y, mira, creo que ese amor tampoco es solo química. Aunque es evidente el vínculo biológico, natural, también hay un apego por un ser único al que amas, al que has amado y al que amarás toda la eternidad.

—Yo nunca he sentido ese tipo de amor, ni en mi familia ni con mis novias o mis amigos. No estoy seguro de que pueda encariñarme hasta tal punto. Tal vez sea un discapacitado sentimental o se trate de algo propio de mi generación. Los jóvenes ya no creemos mucho en el amor verdadero. No queremos comprometernos demasiado, quizá para no sufrir y seguir siendo libres.

—¡Yo también aprecio mucho mi libertad! Pero no la opondría al apego por aquellos a quienes amamos. Para mí, ser libre no es hacer todo lo que a uno le apetece, en cualquier momento, sin que nada se lo impida.

—Entonces ¿qué es?

—Es no ser esclavo de tus pulsiones, de tus deseos, de tus emociones. La verdadera falta de libertad es ir como un autómata tras la búsqueda constante del placer inmediato y evitar a toda costa la frustración, cuando, en realidad, hay obstáculos, impedimentos y compromisos que nos hacen crecer y que, si los aceptamos, nos permiten alcanzar la felicidad o una alegría mucho más honda y duradera.

—Sí, pero si me fijo en los adultos de mi entorno, los amigos de mis padres o los de mis amigos, veo dramas, sobre todo; veo a gente que se machaca cuando se divorcia o que incluso se odia. Creo que el apego genera sufrimiento, más que nada.

—Tienes razón, pero esa gente de la que hablas siente el apego como una posesión del otro. El otro les pertenece («mi marido», «mi mujer», «mi hijo») y no soportan que pueda evolucionar en otra dirección ni que pueda dejarlos. Sus propias carencias, heridas o miedos provocan que se apeguen de ese modo a sus seres queridos, y se vuelvan celosos y posesivos. Nuestros hijos no son «nuestros» hijos: son seres únicos que la vida nos ha confiado. Tienen su propia inteligencia: lo mejor que podemos hacer es ayudarles a levantar el vuelo, a ser autónomos. Y solo hay una manera de hacerlo: quererlos de forma incondicional. De igual modo, nuestras parejas no nos pertenecen. La vida ha permitido que nos cruzáramos en su camino para ayudarnos mutuamente a crecer y a desarrollarnos con plenitud. Amar no es acaparar al otro, menos aún volverlo dependiente de uno. Al contrario: es querer su autonomía. Los celos, la posesividad y el miedo a perder al otro son pasiones que parasitan e incluso destruyen la relación de pareja. El amor verdadero no retiene, sino que libera. No asfixia al otro, sino que le enseña a respirar mejor. ¿Me entiendes? No estoy hablando de esa unión que esclaviza tanto como la ausencia total de unión por miedo a sufrir. Cuando amamos, nos unimos con el corazón a aquel o aquella a quien queremos. Sin embargo, debemos mantener la mente lúcida para comprender que el otro no nos pertenece y también los motivos, a menudo inconscientes, que nos unen a él. Ese esfuerzo por discernir, esa toma de conciencia, nos permite desligarnos, en el sentido espiritual del término, para no acaparar al otro y convertirlo en algo nuestro.

—¿Quiere decir que se puede estar unido y separado a la vez?

—Sí, pero ambas cosas no se sitúan en el mismo nivel del ser. Nos unimos con el corazón y podemos seguir separados gracias a un trabajo mental, al ser conscientes de que el otro no nos pertenece. Y esta separación mental también nos permite superar mejor las separaciones y las desapariciones.

—Vaya, ¡qué complicado es todo esto!

—No, no lo es. ¡Cuando lo hemos entendido y experimentado es sencillísimo!

Los interrumpe Claire, que entra en la habitación para llevarle la comida a Hugo. El chico come con apetito y eso alegra a Blanche, quien piensa que, quizá tímidamente, esté recuperando un poco el gusto por la vida.

17

Polonia, enero de 1945

Ahora que mi tristeza se encuentra en su punto más álgido, el túnel me vuelve a aspirar. Esta vez tengo la sensación de ascender. Otra vez luz. Oigo una música con coros de niños. Continúo mi camino por el túnel, pero con mayor lentitud. La luz es cada vez más intensa y los cantos tienen una belleza inefable. Según avanzo, percibo unas sombras que me miran sonriendo. Me parece reconocer a mi abuela. Y ese hombre tan joven que me observa con alegría, ¿es mi padre? Murió cuando yo tenía cinco años y sus rasgos se diluyeron en mi memoria, pero se parece a una foto suya que he visto. Y esa cara que me sonríe, ¿no es la de Nathan, mi hermano pequeño? Estoy conmocionada, me gustaría detenerme y hablarle, pero una fuerza que no puedo controlar me obliga a seguir avanzando. La música se vuelve más discreta, y la luz, más tenue. Oigo el susurro de una brisa ligera y huelo delicados aromas. Todo es muy armonioso. ¿Dónde estoy?

18

Francia, julio de 2019

Después de comer, Hugo da unas cabezadas y se queda dormido. Al despertarse, Blanche tiene los ojos cerrados. Aunque no está durmiendo, emana una profunda sensación de serenidad. Hugo se levanta para ir al servicio. Cuando regresa a la cama, Blanche tiene los ojos abiertos. Le sigue con la mirada mientras sonríe. Es Hugo quien retoma el hilo de la conversación:

—Hábleme un poco de su marido.

—¡Ay, Jules! ¡Dios mío! —exclama Blanche—. Qué suerte tuvimos de habernos conocido. Tenía diez años más que yo. Cantábamos en la misma coral.

—¡Qué bien! ¿Y a qué se dedicaba?

—Era carpintero. Era más manitas que yo, y yo más intelectual que él. Nuestros caracteres eran bastante diferentes, pero eso nunca supuso un problema. Nos quisimos mucho pero nunca tratamos de imponerle nada al otro. Teníamos nuestros secretos, y también nuestros amigos, gustos y pasiones. Pasábamos juntos la mayor parte del tiempo, aun cuando a los dos nos gustaba tener nuestra vida. Esto no tiene nada que ver con la pasión amorosa o el amor-fusión, que se basa, creo, en el miedo a estar solo y en la búsqueda, en la relación con el otro, de un equilibrio que no tenemos. No obstante, como tú decías, todo eso es muy frágil y, cuando deja de funcionar, las parejas se rompen. Si quieres a alguien de verdad, le amas toda la vida y nunca podrás odiarlo, ni siquiera si un día os separáis porque vuestros caminos se han bifurcado.

—Me encantaría creerla, Blanche, aunque yo no haya tenido esa experiencia. Sin embargo, eso se parece más a la amistad, ¿no?

—Totalmente. Pero ¡la amistad es una de las cosas más grandes que existen! Y, en mi opinión, cualquier relación de pareja sólida y duradera es, antes de nada, una amistad sincera entre dos seres que se aman porque se aprecian y entre los que existe una gran complicidad. Ya lo decía Aristóteles: «La relación de pareja se fundamenta ante todo en la amistad». El deseo y la sexualidad también están ahí, por descontado, pero no bastan para que la relación dure y sea armónica. ¡Cuando decimos que el amor dura tres años es mentira! Es la pasión amorosa la que dura tres años a lo sumo.

—Sí, y tiene que ver, sobre todo, con la influencia biológica y química que le decía.

—¡Exacto! Y, al contrario que la pasión, el amor nos permite mantenernos lúcidos y libres. Pero muchos se regocijan con la ilusión y la enajenación de la pasión amorosa. Además, desde el Romanticismo, en el siglo XIX, existe toda una literatura que ensalza el tormento de la pasión. ¡Hay personas a quienes les encanta! ¿Y por qué no, al fin y al cabo? Para mí, en cambio, eso puede ser cualquier cosa salvo el amor del que te hablo, que te hace sentir alegre, confiado y sereno, sin prescindir de la fuerza del deseo. Este amor puede evolucionar, metamorfosearse, adoptar distintas caras, pero nunca desaparece. Si se fundamenta en la verdad, es eterno. Victor Hugo escribió unas cartas maravillosas a Juliette Drouet, el gran amor de su vida; hay una que me sé de memoria porque expresa esto muy bien.

Hugo sonríe.

—¡Soy todo oídos, Blanche!

La anciana cierra los ojos y empieza a recitar la carta. Está tan entregada que Hugo piensa que podría haberla escrito ella, palabra por palabra, para su marido.

No quiero que te acuestes sin estas palabras de amor. Quiero poner en ellas el alma y que tú la sientas. Quiero que durante toda la noche sientas mi corazón reposar junto al tuyo. Pido vivir, morir y revivir contigo en la transfiguración y en la luz. Ruego a nuestros ángeles que lo pidan y rezo a Dios para que lo conceda. Eres mi vida y serás mi eternidad. Te quiero. Te lo digo con toda mi alma. Duerme con la certeza de ser amada. Eres ya mi cielo aquí abajo, allí arriba lo serás todavía más. Beso tu belleza, adoro tu corazón. Bendita seas.

Tras un breve silencio, Hugo exclama:

—¡La quería una barbaridad!

La anciana sonríe.

—Te deseo de todo corazón que algún día vivas una verdadera relación amorosa. Es una unión profunda, eterna, que al mismo tiempo te libera.

Blanche se queda en silencio un buen rato. Afloran a su memoria muchos recuerdos y sentimientos. Después prosigue:

—Hay una cita de la Biblia que dice: «El amor es más fuerte que la muerte». Es justo eso. Cuando queremos de verdad a un ser, por lo que es y no solo por lo que nos da, nuestros corazones se unen para siempre.

—¿Ha leído la Biblia? —pregunta Hugo.

—Sí, pero tarde. De niña me educaron en la religión judía pero mis padres no eran muy creyentes y practicaban poco. La leí más o menos a los veinte años, cuando estudiaba filosofía, para tratar de entender mis raíces. Y también porque es un texto fundamental en la historia de nuestra civilización. ¿Y tú?

Hugo ríe de buena gana.

—¡Yo solo leo mangas y libros científicos! Mis padres se educaron en la religión católica, pero no nos han bautizado y no hemos recibido educación religiosa.

—¿Te interesan las religiones?

—En absoluto. No sé nada y con lo que veo no me entran ganas de interesarme por ellas.

—¿Qué ves?

—Fanatismo, intolerancia, hipocresía, búsqueda de poder, falta de sentido crítico, sumisión femenina...

—¡Todo es verdad! Y al mismo tiempo, yo, que no

soy nada religiosa, también he visto algo muy diferente...

—¿Ah, sí?

—He conocido a personas muy creyentes que, en nombre de la fe, ayudan a los inmigrantes, se ocupan de personas con discapacidad, dan su corazón y su tiempo a quienes pasan necesidades. He conocido a muchos creyentes tolerantes y acogedores, que practicaban la justicia y la caridad.

—Debe de haberlos, pero no es lo que predomina.

—¡Lo que predomina no es lo que sale en las noticias que ves en internet, ya hemos hablado de esto! Hay un proverbio chino que dice: «Hace más ruido un árbol que cae que un bosque que crece». Así que, si limitamos la religión a los terroristas islamistas o a los curas pederastas que monopolizan los titulares, solo tendremos una imagen desastrosa, en efecto.

—Entonces ¿usted cree que las religiones son buenas y que son algunos hombres quienes las desvirtúan?

—Tampoco digo eso. No pienso que las religiones sean buenas ni malas en sí mismas. Pienso que hay humanos que buscan en las religiones algo con qué alimentar su bondad o su miedo, su amor o su odio. En el fondo, los textos religiosos reflejan las contradicciones del alma humana. En la Biblia y en el Corán hay pasajes que ensalzan la justicia, el amor, el reparto, la humildad, el desapego, la igualdad entre todos. También hay pasajes que incitan al asesinato, al racismo o al sometimiento de las mujeres. Esos textos traducen las convicciones contradictorias de los humanos que los escribieron en un pasado muy lejano, y a partir de entonces no hemos dejado de usarlos según nos convenga.

—El problema es que muchos creyentes piensan que esos textos deben tomarse al pie de la letra, incluso que Dios los ha dictado directamente a los profetas.

—¡Exacto! El fundamentalismo es la madre de todos los fanatismos.

—Pero ¿se puede ser creyente sin pensar que esos textos vienen de Dios?

—¡Por supuesto! Conozco a creyentes y practicantes de distintas religiones que creen que Dios ha inspirado esos textos y saben, porque los han estudiado con una mentalidad racional, que también son fruto de una determinada cultura, con sus cuestiones políticas y sociales.

—De ahí la necesidad de interpretar los textos, lo que al final lleva a relativizarlos.

—¡Efectivamente! Eso es lo que rechazan los creyentes fundamentalistas, por miedo a desviarse en nombre de la razón. Desde su origen, el judaísmo, el cristianismo y el islam están plagados de debates sobre la relación entre la fe y la razón.

—¿Y en qué cree usted?

—Yo, ante todo, soy filósofa, y pienso que solo la razón es universal. Las creencias y las religiones siempre están ligadas a las culturas que las han originado, pero también a los afectos, a los deseos de los individuos y a los grupos humanos que las comparten. No comulgo con ellas, pero constato que algunos de esos deseos y esas aspiraciones coinciden con los valores humanistas que suscribo, como la justicia, la tolerancia o el respeto a los demás, mientras que otros están en las antípodas. De hecho, la única religión en la que creo de verdad, la única espiritualidad universal, es la del amor. Solo el amor me parece digno de fe. Y para eso da igual que seamos creyentes o no, religiosos o no, practicantes o no. Para mí, lo que de verdad diferencia a los humanos no es la religión, la cultura, la lengua o el color de la piel, sino si respetamos al otro o no. ¿Compartimos lo que tenemos con quien lo necesita? ¿Estamos dispuestos a arriesgar nuestra vida por luchar contra la injusticia? ¿Nos afecta la desgracia ajena? ¿Deseamos consolar a los que no pueden más?

19

Polonia, enero de 1945

Veo surgir una figura blanca con forma humana, pero percibo que no se trata de un ser humano. Este ser avanza hacia mí. A medida que se acerca, siento que me invade un gran amor. Como si este amor infinito abrasara mi pena infinita. ¿Quién es este ser de luz que irradia un amor incondicional? Debe de haber oído mi pregunta porque escucho claramente dentro de mí esta respuesta: *Soy el ángel del consuelo.*

20

Francia, julio de 2019

A Hugo le emocionan las palabras de Blanche. Tras meditar un buen rato, declara con una voz suave impregnada de gravedad:

—Estoy totalmente de acuerdo con usted. Todos llevamos dentro esa aspiración al amor, a compartir, a la justicia, y me parece lo mejor. Pero también tenemos lo contrario. Somos egoístas, violentos, nos gusta poseer y dominar a los demás. Yo también siento esas contradicciones. ¿Qué se puede hacer para que el amor y la justicia se impongan a la violencia y a la sed de dominación?

—Un bonito cuento amerindio responde a tu pregunta. ¿Quieres que te lo cuente?

—¡Claro!

—Es la historia de un anciano muy mayor que le dice a su nieto:

»—Hijo mío, hay dos lobos dentro de ti. Un lobo blanco que hace el bien, que ayuda a los demás, que es justo. Y un lobo negro que hace el mal, es egoísta y malvado. Ambos libran un combate a muerte en tu corazón. ¿Sabes cuál va a vencer?

»—No, abuelo —responde el niño.

»Y el anciano le dice:

»—¡El que alimentes!

—¡Uaaau! Me encanta la imagen.

—Cuando cometes actos negativos, injustos, egoístas, estás alimentando al lobo negro y este adquiere más fuerza. Y a la inversa: cuando llevas a cabo acciones positivas, justas, generosas, fortaleces al lobo blanco. Todo ser humano alberga fuerzas bondadosas en el corazón. Se trata de liberarlas y cultivarlas. Todos aspiramos a la justicia, pero hay que practicarla. ¿Tocas algún instrumento?

—Sí, el piano, un poco...

—Bien, pues te habrás dado cuenta de que solo puedes progresar si tocas de forma regular, ¿no?

—¡Claro! Todos los días media hora como mínimo, idealmente una hora.

—Pues bien, así es todo en la vida. Te conviertes en un buen músico tocando el mayor tiempo posible. Te conviertes en un buen albañil construyendo casas.

Y te conviertes en un buen ser humano realizando lo más a menudo posible acciones bondadosas, justas, generosas, indulgentes, valientes, fiables, benevolentes, etc. Lo que los filósofos griegos llamaban la práctica de la virtud. Y a la inversa: te conviertes en un vicioso a fuerza de cometer acciones negativas que te hacen retroceder en tu humanidad. La virtud y el vicio se cultivan, ¡así de sencillo!

—Pero hay que saberlo y ser consciente de ello.

—¡Cierto, esto no se enseña en el colegio, y es una pena! ¡No habría que empezar con la filosofía a los dieciséis o diecisiete años, sino a los seis o siete!

—¡Así es!

Hugo se queda pensativo un momento y luego continúa:

—Habla de acciones, pero también he oído que nuestros pensamientos son muy importantes y pueden influir en nuestra vida. ¿Está de acuerdo?

—¡Es obvio! El pensamiento es una energía muy poderosa. Por fuerza tiene repercusiones, aunque no se verbalice o no se lleve a cabo. Esto también afecta a las creencias. Alguien que no se quiere, que piensa que no vale nada, dará una imagen negativa de sí mismo a los demás sin darse cuenta siquiera. Corre el riesgo de llevarse muchas decepciones en su vida social, lo que solo confirmará su creencia. Y a la inversa: quien se tiene en buena estima desprende algo especial que atrae a los demás. ¡Y esto sirve para todo! Si emites pensamientos negativos en una entrevista de trabajo, es muy probable que no te seleccionen. Y al contrario: si confías en ti, lo harás mucho mejor.

—Como soy pesimista, siempre me ha atormentado el miedo al fracaso. ¿Cree que eso habrá influido en mis suspensos en los exámenes?

—¡Lo sabes muy bien! Fíjate en los deportistas de élite: antes de las competiciones importantes, la mayoría de ellos hacen ejercicios de visualización en los que se ven ganando, y eso les ayuda mucho a progresar y a vencer. Si te ves fracasando, aumentas en gran medida el riesgo de fracasar. Pero lo más complicado, como Freud demostró muy bien, es que también tenemos creencias y pensamientos inconscientes que influyen en nuestra vida sin que lo sepamos.

—¿O sea...?

—Por ejemplo, una persona puede no ser consciente de que quiere suspender un examen porque, en el fondo, le apetece hacer otra cosa. Puede que sea eso lo que te pasó, al haber elegido medicina para complacer a tu padre.

—Es posible. Pero, si es inconsciente, ¿cómo se puede saber?

—¡Por eso Freud inventó el psicoanálisis! La finalidad del análisis es hacer consciente lo inconsciente para ganar lucidez y libertad.

—¿Usted lo ha hecho?

—Durante tres años.

—¿Por qué?

—Mi marido y yo no conseguíamos tener hijos, aunque no había ningún problema funcional ni biológico que lo impidiera. Cuando empezaba a desesperarme, un médico me dijo que la causa podía ser un bloqueo psicológico y me recomendó que consultara a un psicoanalista.

—¿Y funcionó?

—Al cabo de un tiempo, sí. Supe cuál era la causa inconsciente que me impedía ser madre. Y, cuando fui consciente de lo que pasaba, mi cuerpo se liberó y me quedé embarazada. Aun así, seguí con la terapia un tiempo más, porque me enriquecía muchísimo y me enseñaba a conocerme. Luego me orienté hacia el análisis jungeriano, ya que necesitaba continuar ese camino interior con alguien más abierto a nivel espiritual, que estuviera más en consonancia con mi visión de la vida y del mundo.

—¿Qué diferencia hay entre Freud y Jung?

—Jung fue el discípulo más brillante de Freud. Pero se distanció de su maestro por la cuestión de la libido, el deseo sexual. Freud estaba convencido de que la libido es la energía más potente, que influye en todas nuestras elecciones, incluso las mentales. Jung, por el contrario, pensaba que al ser humano también lo mueve la necesidad de sentido y espiritualidad, tan fundamental como la libido, y que no podemos reducirlo todo a esta. Resumiendo: podría decirse que Freud tiene una visión estrictamente materialista del hombre y del mundo, mientras que Jung tiene una visión más amplia que deja sitio para lo sagrado, el misterio, la vida espiritual.

—¡O sea, que yo soy Freud y usted es Jung!

Hugo y Blanche intercambian una sonrisa de complicidad. Después, Blanche prosigue con un tono más serio:

—Jung también inventó algunos conceptos básicos, como el inconsciente colectivo, el *animus* y el *anima*, los arquetipos o la sincronicidad.

—¿La qué? —pregunta Hugo entornando los ojos.

Blanche suelta una carcajada.

—Menuda palabreja, ¿verdad? Se refiere a dos sucesos que no están vinculados por la causalidad, sino por el sentido.

—¡Más oscuro todavía!

—Voy a darte un ejemplo concreto. Imagínate que estás pensando en un buen amigo del que llevas mucho tiempo sin saber nada y, al cabo de un rato, suena el teléfono y es él. Un suceso y otro no están relacionados de forma causal, pero la coincidencia es muy perturbadora. Puedes interpretarlo como una mera casualidad, que es lo que haría Freud, o puedes pensar que la conjunción de ambos sucesos tiene un sentido, que no es fortuita: esto es lo que Jung llama «sincronicidad».

—Salvo que no tiene una explicación científica.

—Al menos no en el estado actual del conocimiento científico. Porque creo que muchos fenómenos misteriosos, como la videncia, la mediumnidad, las sincronicidades, la telepatía, etc., algún día tendrán una explicación racional. Pero la ciencia deberá evolucionar, no ceñirse al dogma materialista que limita sus posibilidades de comprensión del mundo y del alma humana.

—¡Al contrario que la religión, la ciencia no tiene dogmas, Blanche! Utiliza un método riguroso que permite conocer la realidad con certeza, con pruebas reproducibles.

—Cierto, pero en la comunidad científica también

existe una postura muy extendida que parte del postulado de que todo es material, también la mente. De pronto estudiamos la mente humana como si solo fueran conexiones neuronales. En definitiva, reducimos la mente y la consciencia al cerebro. Sin embargo, estoy convencida de que si bien mente y consciencia se anclan al cuerpo mediante el cerebro, también pueden existir fuera de ese registro corporal.

—Se trata de una creencia pura y dura. No se puede demostrar. ¿Por qué lo cree?

—Sencillamente porque, como millones de personas, tuve una experiencia en la que mi consciencia abandonó mi cuerpo. Por tanto, para mí no es una creencia, sino el resultado de una experiencia que cambió por completo mi vida y mi manera de ver el mundo.

21

Polonia, enero de 1945

Nunca he experimentado un amor semejante. Mi ser
está colmado. Me asalta un sentimiento de unidad,
de certeza, de sencillez, de alegría, de paz profunda.
El tiempo se ha abolido. Solo existen este momento
y esta presencia de amor absoluto. No hay palabras
que puedan describir este estado. Ya no me siento
fuera de todo cuanto existe. Formo parte de este
todo, como una gota de agua en el océano. ¿Será esto
la eternidad?

22

Francia, julio de 2019

Las palabras de Blanche desasosiegan a Hugo. Siente, a la vez, un cierto malestar debido a su escepticismo y una intensa curiosidad. Está a punto de preguntar a la anciana qué le sucedió, cuando el médico que la trata entra en la habitación.

—Hola, querida Blanche.

—Hola, doctor. ¡Qué gusto verle!

—¡El placer es mutuo! ¿Cómo se siente usted esta tarde?

—Bien. Un poco más débil que ayer, como era de esperar.

El médico le toma el pulso, y luego, la tensión.

—¿Sigue sin alimentarse?

—Sí, no tengo apetito.

—¿Le duele algo en particular?

—Tengo algunas molestias, pero nada muy doloroso. Más bien me da la impresión de que me voy quedando sin fuerzas. Por suerte, sigo con la cabeza en su sitio.

Hugo se ve obligado a intervenir:

—¡Doy fe!

El médico sonríe y prosigue:

—Es estupendo que la hayan puesto con este joven, así le hace compañía.

—Ay, sí —responde Blanche volviendo la cabeza hacia Hugo—. No solo ya no me queda familia, sino que, a mi edad, apenas tengo amigos y, los que me quedan, viven lejos y no pueden venir a verme.

El médico sugiere a la anciana la conveniencia de ponerle un gotero para proporcionarle un poco de glucosa y un analgésico. Blanche al principio se opone, pero termina cediendo, piensa que así se quedará algo más de tiempo con Hugo. Cuando el médico sale de la habitación, a duras penas consigue la enfermera hundir la aguja en el antebrazo descarnado de Blanche y le instala el gota a gota. A Hugo, que observa la operación, le llama la atención un tatuaje en el brazo desnudo de la anciana. En cuanto la enfermera se marcha, no puede resistirse y dice:

—No quisiera ser indiscreto, pero es la primera

vez que veo a una persona mayor con un tatuaje. ¿Qué son esos números?

Blanche sonríe.

—Yo no me tatué esas cifras. Me las marcaron a fuego como se marca el ganado.

Hugo se queda estupefacto.

—¿Qué... qué quiere decir? ¿Se lo hicieron en la cárcel?

—Más o menos. ¿Te suena Auschwitz?

—¿El campo de concentración nazi en Polonia?

—Exacto.

—¿La deportaron allí?

—Sí, a los diecisiete años, con mi madre y mi hermano. Y este tatuaje es mi identificación.

—Lo siento. No lo sabía...

Blanche sonríe.

—¿Cómo ibas a saberlo?

—¿Y ha conservado el tatuaje?

—Para no olvidarlo nunca.

—¿Cómo salió de allí? ¿La liberaron los estadounidenses al final de la guerra?

—Fueron los rusos quienes liberaron Auschwitz. Pero en nuestro caso fue un poco más complicado. En enero de 1945, cuando el Ejército Rojo entró en Polonia, los nazis, en lugar de exterminarnos allí mismo, como habían hecho con millones de personas antes que nosotros, decidieron evacuar a los últimos supervivientes del campo y llevarlos a Alemania.

Hugo está muy afectado. Ha estudiado ese episodio trágico de la Segunda Guerra Mundial en el instituto, pero nunca había conocido a un superviviente de los campos de la muerte y todo aquello era un tanto abstracto para él. Ahora al encontrarse frente a una de las últimas víctimas de uno de los campos de exterminio más terribles, esa realidad insoportable se vuelve más tangible.

—Una noche nos despertaron a las cuatro de la madrugada —continúa Blanche—, repartieron unos víveres y nos sacaron del campo. Estuvimos caminando tres días y dos noches con un frío glacial. ¡Qué frío teníamos y cómo nos costaba avanzar con nuestros miserables zapatos! Avanzábamos en columnas de cinco mujeres sobre las huellas de los hombres, que nos habían precedido unas horas antes. A menudo tropezábamos con los cadáveres de quienes no habían podido dar un paso más, a los que las SS habían ejecutado sin pestañear. Es lo que debería haberme pasado a mí. Me desmayé de cansancio y, al caer, me golpeé la cabeza con una piedra. Al ver que me salía sangre de la sien, los soldados creyeron que estaba muerta y me dejaron allí.

—Es... es increíble que saliera con vida.

—Sí, sobre todo porque haría unos veinticinco grados bajo cero y podría haber muerto congelada.

—¿Cómo pudo sobrevivir?

—Una pareja de leñadores polacos que vivía cerca del camino me recogió. Ellos me hicieron entrar en calor y me curaron.

—¡Qué suerte!

—No creo en el azar ni en la suerte, como ya sabes. Mi hora aún no había llegado y, en cierto modo, yo elegí seguir viviendo.

—¡Ahora sí que me he perdido!

Blanche esboza una amplia sonrisa.

—¿Quieres que te cuente qué experimenté? Es lo que estaba empezando a rememorar justo antes de que el doctor Guérin nos interrumpiera.

—¡Sí, estoy deseándolo! —suelta Hugo emocionado.

—La experiencia que cambió mi vida es que mi consciencia salió fuera de mi cuerpo.

Hugo aguanta la respiración. Al malestar que ha sentido hace un rato, se añade la emoción por ese trágico episodio de la vida de Blanche que acaba de conocer.

—Cuando me caí, mi mente se separó de mi cuerpo y me vi tumbada en el suelo. Me quedé estupefacta, pero era la pura realidad: ya no me dolía nada y observaba mi cuerpo desde arriba.

—¡Es imposible!

—¡Yo también lo habría pensado, si no lo hubiese vivido! Y eso no es todo. Enseguida me aspiró una especie de túnel y, en pocos segundos, reviví los principales acontecimientos de mi vida, desde mi infancia hasta la caída durante aquella agotadora caminata.

—¿Qué quiere decir con revivir?

—Lo vi todo como en una película, las escenas se sucedían una tras otra.

—¿Y sentía algo?

—¡Sí! Revivía tanto las emociones del pasado como las de los demás y, sobre todo, comprendía los acontecimientos de un modo diferente. Como con mayor distancia, más consciente y desligada. Al mismo tiempo, seguía sintiendo tristeza al revivir los últimos momentos, que fueron los más dolorosos de mi vida. Una tristeza profunda, a pesar de ese extraño sentimiento de paz interior. Justo entonces las cosas tomaron otro cariz; un cariz que jamás me hubiera imaginado.

Hugo la escucha con atención.

—El túnel me volvió a aspirar, pero esta vez ascendía rodeada de una luz cada vez más intensa y sentía un amor infinito que sanaba todas mis heridas. Era una felicidad inexplicable. Experimenté una especie de orgasmo con todo mi ser, pero infinitamente más fuerte que un orgasmo sexual...

Blanche, con los ojos abiertos como platos, se queda un instante en un estado casi extático. Hugo la observa, inmensamente desconcertado. Blanche parece tan sincera que está dispuesto a creer esa historia de locos. Nota que su corazón late cada vez más rápido y que los ojos se le llenan de lágrimas. Luego, de pronto, la voz de la razón le dice que todo eso solo es una ilusión, que no debe dejarse llevar por las emociones y por su simpatía hacia esa anciana tan conmovedora. A duras penas consigue contener las lágrimas. Acaba riéndose; su risa es nerviosa y fría.

—No dudo de su sinceridad, Blanche. Pero, si he de ser franco, pienso que todo lo que vivió se puede interpretar de un modo mucho más racional —suelta.

Blanche sale despacio de su estado de gracia y vuelve la cabeza hacia Hugo.

—¿Ah, sí? ¿Y cómo lo explicarías tú?

—Vivió un trauma tan grande que el cerebro, que siempre hace todo lo posible para ayudarnos a sobrevivir y a superar los obstáculos, liberó dosis masivas de DMT.

—¿De qué?

—De DMT. La dimetiltriptamina es una sustancia similar a la serotonina, que segrega la glándula pineal cuando nos enfrentamos a una situación intensa de estrés. Sin embargo, está demostrado que la DMT puede provocar un estado psicodélico y, por tanto, experiencias alucinatorias muy potentes, ya que actúa en el neocórtex, la parte más desarrollada del cerebro. Las personas que toman sustancias alucinógenas viven experiencias similares.

—Comprendo que quieras relacionar mi experiencia con una teoría que encaje en tu universo conceptual. Cuando volví a mi cuerpo, me pregunté si había sido un sueño. Pero varios elementos me convencieron de lo contrario.

—¿Cuáles?

—El hecho de que viera mi cuerpo inerte, la herida en la sien. ¿Cómo habría podido saberlo si hubiese vivido una alucinación desvinculada de la realidad? Y, además, volví totalmente cambiada, con la sensación de que lo que mi consciencia había vivido fuera de mi cuerpo era más real que todo lo que había experimentado hasta entonces. No era una experiencia física, sino espiritual, que repercutió en todo mi ser. Dejé de ser la misma. Y así hasta hoy.

Hugo vuelve a alterarse, pero se empeña en no dejarse atrapar por el discurso tan sosegado y coherente de Blanche.

—¿En qué cambió su vida después de esa experiencia?

La anciana se echa a reír.

—¡En todo! Ya no me siento tan desligada del mundo, como antes, sino que tengo la sensación de formar parte del universo. No he vuelto a saber lo que es el miedo. Ya no juzgo a la gente. Siempre estoy serena, pase lo que pase. Confío totalmente en la vida y no temo a la muerte, ¡más bien al contrario! Sé que pronto pasaré a otra dimensión.

—Yo tampoco tengo miedo a morir.

—Sí, pero a ti no te gusta mucho la vida, y la visión que tienes de ella es tan sombría que ves la muerte como una liberación. Para mí, que amo tanto la vida, las cosas funcionan de una manera muy distinta. Estoy muy unida a este cuerpo, a esta existencia, a esta memoria y, al mismo tiempo, me siento desvinculada de ellos. Sé que pronto abandonaré este cuerpo, así como todas las sensaciones y emociones que ha vivido, pero también sé que mi espíritu o, si lo prefieres, mi consciencia, seguirá su camino en otra dimensión invisible mucho más vasta y apasionante.

—En el fondo cree en la inmortalidad del alma. Tiene esa creencia religiosa.

—Para mí no se trata de una creencia religiosa. Además, en mi religión de origen, el judaísmo, apenas se habla de un alma separada del cuerpo o de la vida después de la muerte, como ocurre en el cristianismo, el islam o las religiones orientales. No me educaron en esas creencias. Esa profunda convicción se debe a la experiencia que viví. Y dicha convicción la comparten muchos filósofos de la Antigüedad que no suscribían los mitos religiosos. Sócrates, Platón, Aristóteles, los estoicos, Plotino y muchos más, estaban convencidos de que nuestra alma, nuestro espíritu o nuestra consciencia, da igual cómo llamemos a esa parte inmaterial de nuestro ser, puede pervivir tras la muerte del cuerpo. Es, sobre todo, a partir de la época moderna y el reinado de la ciencia experimental, que redujo lo real a la materia, cuando consideramos ilusoria esa convicción.

—¿Qué quiere decir con que lo real se redujo a la materia? Lo real es lo que vemos, lo que tocamos, ¡solo es materia!

Blanche suelta una carcajada.

—¡Ay, querido! ¿No sabes que «lo esencial es invisible a los ojos», como bien dijo Antoine de Saint-Exupéry en *El Principito*? ¡Nunca has visto el amor y anda que si existe! Nunca has observado la consciencia por un microscopio y también existe. Un filósofo del siglo XVII que me gusta mucho, Baruch Spinoza, estaba convencido de que lo real se compone de materia y alma. Ambas están ligadas en el universo desde siempre, como lo están en nuestro ser individual. No ver más que la materia en el ser humano y en el universo es pasar por alto la mitad de la realidad, y abstenerse de entender muchos sucesos de orden espiritual. Ya que te interesa la ciencia, debes de saber que las dos grandes teorías que intentan explicar lo real, la de la relatividad de Einstein y la de la mecánica cuántica, se contradicen en aspectos básicos. Aún falta una teoría más amplia, más profunda, más auténtica, que pueda reflejar lo compleja que es una realidad que se nos escapa cada vez que creemos haberla captado. Y esto ocurre porque nos negamos a ver que el mundo está compuesto tanto de materia como de espíritu, de partículas y de consciencia, y que ambos están totalmente interrelacionados, como comprendió a la perfección el genio de Spinoza.

23

Polonia, enero de 1945

El ángel esboza una sonrisa y me dice: *Hola, Ruth.*
Hacía muchísimo tiempo que no me llamaban por mi
nombre. Sé que este ente lo sabe todo de mí. Que me
conoce mejor que yo misma. Siento que no me juzga.
Irradia una luz y un amor incondicional que alivian
mis heridas. Quiero hacerle muchas preguntas, pero
no sé por dónde empezar y no quisiera que las palabras rompiesen esta sensación de unidad. Una vez
más, tengo la impresión de que me lee el pensamiento. Dice:
   —*Pregúntame lo que quieras, estoy aquí para ti.*
   —*¿Estoy muerta?*
   —*¿Cómo podrías morir, si eres inmortal?*
   —*He visto mi cuerpo tendido en la nieve. Parecía
muerta.*

—El cuerpo nace y muere. Pero el alma nunca nace y nunca muere. Lo que los humanos llaman el nacimiento y la muerte solo son tránsitos. Al nacer, el alma se encarna en un cuerpo y, al morir, el alma abandona ese cuerpo.

—¿Para ir adónde?

—Para continuar su viaje.

—¿A otro cuerpo?

—No tiene por qué. Algunas almas se reencarnan, en la Tierra o en otra parte. Otras, no. Lo que vosotros llamáis «ángeles» no tienen y nunca tendrán cuerpo. ¡Hay tantos seres y tantas realidades diferentes que los ojos de vuestro cuerpo no pueden percibir! Ahora que has abandonado tu cuerpo, ves otras cosas con los ojos del alma.

24

Francia, julio de 2019

Blanche parece exhausta. Ha hablado mucho, ha puesto mucha energía en su razonamiento. Se detiene y cierra los ojos. A Hugo le inquietan sus palabras, pero más aún que se marche de repente. Se levanta, rodea la cama y se acerca a ella. Le coge la mano que no tiene el gota a gota y observa a la anciana. Tiene los ojos cerrados y respira despacio. Le toma el pulso y constata que está muy débil. Le preocupa, pero también sabe que ella lo ha querido y que tarde o temprano se irá. Está muy conmovido. Tiene la impresión de estar más unido a esta mujer desconocida hasta hace menos de dos días que a cualquier otra persona de su vida. «Quizá sea lo que ella llama amor incondicional», piensa mientras le aprieta la mano.

25

Polonia, enero de 1945

—*¿Por qué ir a la Tierra? ¡Aquí todo parece mucho más sencillo y apacible!*

—*Vivir encarnado en la materia pesada de la Tierra permite al alma experimentar polaridades, fuerzas opuestas que la inducen a crecer en amor y en consciencia.*

—*¿Qué quieres decir?*

—*La consciencia que tienes de ti misma y del mundo progresa al experimentar polaridades: el día y la noche; el miedo y la confianza; el hambre y la saciedad; la tristeza y la alegría; lo desagradable y lo agradable... Si no experimentaras la desgracia, no serías consciente de lo que es la felicidad, y sin la noche no sabrías disfrutar del día. Sin experimentar el hambre, no apreciarías el placer de comer y, si* nunca hubieses conocido la inquietud y el miedo, no sabrías comprender y apreciar la paz y la confianza. En la Tierra, el alma experimenta la dualidad y polaridades, lo que le permite, una vez más, progresar en comprensión y crecer en amor.

—Entonces ¿estamos en la Tierra para aprender, como hacemos en el colegio?

—En cierta manera, sí. En el universo hay tres cosas fundamentales: la realidad, la consciencia y el amor. Si tuviera que resumir en pocas palabras el sentido de la existencia humana, diría: el camino de la vida consiste en pasar de la inconsciencia a la consciencia, del miedo al amor. Por eso las almas van a la Tierra, aunque el camino a menudo sea doloroso y esté plagado de obstáculos. Y, como lo olvidan, la existencia les parece con frecuencia absurda o carente de sentido.

26

Francia, julio de 2019

Blanche no volvió a hablar durante el resto del día, mantuvo los ojos cerrados casi todo el tiempo. Hugo salió de la habitación para recibir otra visita de su padre; esta vez le acompañaba su hermana. Le conmovió su cariño. No había sido consciente de hasta qué punto le querían y le apreciaban. Por la noche le costó mucho conciliar el sueño. No dejaba de pensar en la increíble historia que le había contado Blanche. Aunque su razón no le permite creer que esa experiencia haya sido real, su corazón está inquieto, ya que siente que la anciana es sincera y está en sus cabales. Si tuviera razón, si la realidad no solo estuviera constituida por materia, sino también por consciencia, y que esta no estuviera producida por la materia, su visión del mundo se alteraría por completo. Piensa que el amor no sería mera alquimia entre dos cuerpos que emanan sustancias químicas, que la espiritualidad no sería un producto de nuestra imaginación y sobre todo que, con toda lógica, nuestra consciencia podría sobrevivir a la muerte de nuestro cuerpo físico. Todo eso le fascina, pero ni su escepticismo, ni su pesimismo natural le permiten comulgar con la argumentación de Blanche. Aunque le trastorne, siente la necesidad de seguir hablando con ella, ya que le interesa muchísimo lo que dice. Sin embargo, le preocupa la salud de la anciana y que esas conversaciones tan intensas precipiten su final.

Al amanecer le tranquiliza comprobar que Blanche tiene mejor cara y parece que ha recobrado un poco las fuerzas. Tras la visita de las enfermeras y los cuidados matutinos, el chico no puede evitar retomar el hilo de la conversación de la víspera.

—¡Blanche, apenas he pegado ojo por su culpa!

—¡Dios mío! —exclama la anciana—. ¡Hacía mucho tiempo que un hombre no me hacía un cumplido semejante!

—Antes de nada, me alegra verla mejor esta mañana, anoche temía que nuestra conversación la hubiera dejado agotada.

—¡En absoluto! Hablar me cansa, por supuesto, pero nuestras charlas me sientan muy bien. Me gusta conversar, transmitir, debatir. No he sido profesora de filosofía por casualidad. ¡Tu presencia es un regalo!

—Me tranquiliza oírlo.

—Pero ¡sospecho que te cuesta creerme! Lo que te cuento está muy alejado de tu visión del mundo.

—Esa es la segunda cosa que me ha quitado el sueño. No me ha convencido, aunque no dude de su sinceridad ni de que esa experiencia le cambiara la vida. Pero sigo pensando que tiene que haber una explicación puramente física de lo que le pasó, aunque yo no sepa explicarlo. Y me gustaría hacerle algunas preguntas más.

—¡Con mucho gusto!

—Me dijo que millones de personas han vivido una experiencia similar a la suya. ¿Cómo lo sabe?

—Durante muchos años pensé que mi experiencia había sido única. Y de pronto, un día, en el año 1975 para ser exactos, el doctor Raymond Moody, un médico estadounidense, publicó un libro cuyo título me atrajo de inmediato: *Vida después de la vida*. En esa obra, un exprofesor de filosofía reconvertido en médico recopila numerosos testimonios de personas a las que habían reanimado tras sufrir un infarto. Al despertar del coma, confesaron haber vivido una experiencia similar a la mía: vieron su vida, los aspiró un túnel de luz y sintieron un amor incondicional. Algunos vieron a familiares fallecidos. Y se sentían tan bien en esa nueva dimensión que a ninguno de ellos le apetecía volver a su cuerpo. Me leí el libro de un tirón y lloré. Por primera vez en treinta años, por fin encontraba el eco de mi propia experiencia.

—Pero ¿cómo es posible que nadie hubiera hablado de eso antes?

—Primero, porque quienes han vivido semejante experiencia temen que los tomen por locos. Yo misma, antes que a ti, solo se lo había contado a mi pareja. Y, aun así, esperé muchos años. Luego, porque es una experiencia inefable: no hay palabras para contar de una manera apropiada qué se vive y qué se siente. Como dice el filósofo Wittgenstein: «De lo que no se puede hablar, es mejor callar». Y muchos se callaron. Y además ocurrió que los testimonios se multiplicaron debido a los cuidados intensivos, que permiten reanimar a personas tras una parada cardíaca o cerebral. Personas que en otros tiempos hubieran muerto ahora vuelven a la vida y pueden contar lo que pasó durante el lapso de tiempo en que estuvieron en coma. ¡Por otro lado, no deja de ser divertido que este mundo hipertecnológico favorezca experiencias como esta, que demuestran que la consciencia sobrevive al cuerpo!

Hugo hace un gesto de desaprobación, pero deja que Blanche continúe con su relato.

—Seguí documentándome sobre lo que en inglés llaman *near death experiences* (NDE), experiencias cercanas a la muerte (ECM). Devoré la investigación de Patrice Van Eersel, *El manantial negro*, que se centra en la vida de una psiquiatra extraordinaria, Elisabeth Kübler-Ross, pionera de los cuidados paliativos. Lo que me impresionó de su historia es que era una mujer muy compasiva. En 1945 se fue a vivir seis meses a Polonia para dar apoyo psicológico a los supervivientes de los campos de la muerte. Allí contrajo el tifus. Luego siguió acompañando con cariño a miles de moribundos y gracias a eso recibió numerosos testimonios de experiencias de muerte inminente. Hoy existen varios millones de testimonios en todo el mundo, recogidos por miles de médicos y psicólogos, que varios investigadores han estudiado, sobre todo en Estados Unidos.

—Es increíble, no tenía ni idea. ¿Está segura de que quienes estudian esos testimonios son científicos?

—Sí. Infórmate. Incluso algunos científicos han tenido experiencias de muerte cercana. Uno de los casos más notables, y que ha hecho mella en el entorno médico estadounidense, es el del doctor Eben Alexander, un neurocirujano y profesor de la Universidad de Virginia. En 2008, como consecuencia de una meningitis rarísima y fulminante, este eminente cirujano estuvo una semana en coma, casi en estado de muerte cerebral. Para estupor de sus colegas, recobró súbitamente la consciencia y, en poco tiempo, la práctica totalidad de sus capacidades. Entonces contó que había tenido una ECM extraordinaria que había cambiado por completo su concepción materialista del mundo. Publicó un libro en el que, una a una, refuta todas las hipótesis materialistas que se alegaron para tratar de explicar lo que le había sucedido.

—¿Él también afirma, como usted, haber sentido un amor incondicional, una especie de estado de felicidad perfecta?

—Sí. Y, como yo, entró en contacto con un ser de luz que le enseñó.

—¡Qué dice! ¡No me había contado nada sobre un encuentro con un «ser de luz»!

—¡Es que quería reservar lo mejor para el final! —contesta Blanche con tono malicioso.

Hugo se echa a reír.

—¡Ja, ja, ja! ¡Lo que faltaba! ¿Ha visto a Dios en persona?

—No era Dios. Era un ser de luz que tenía una forma similar a la de un ser humano y que se presentó como un ángel.

—Dios o ángel, ¡qué más da! Forma parte de la creencia religiosa.

—Solo el término, Hugo. Es verdad que la palabra «ángel» figura en la Biblia para calificar a esos espíritus puros y benevolentes creados por Dios que pueblan el mundo invisible y velan por los humanos. Pero da igual cómo se llamen esos seres. Vi a un ente luminoso que desprendía un amor absoluto y que se comunicaba conmigo con el pensamiento. Creo que se presentó como un ángel porque sabía que así llamábamos a esas entidades en mi cultura. Si yo no hubiera tenido ninguna cultura religiosa, seguro que no habría usado ese término para nombrarlo. Esto también me sorprendió cuando leí cientos de testimonios de ECM: los entes espirituales que los testigos conocen cuando viajan al más allá siempre se presentan con un aspecto o un nombre que pueden conocer sus interlocutores. Los judíos ven ángeles; los cristianos suelen afirmar haber visto a Cristo; los hindúes, a Krishna, etc.

—¡Es la prueba de que esos seres no son reales! ¡Solo son el producto del cerebro y de la imaginación de los que creen verlos! —exclama Hugo.

—Es posible, pero ¿qué pasa con lo que sí es objetivo en las ECM? La visión del propio cuerpo, a veces con la observación de muchos detalles que un paciente en coma no hubiera podido ver. Miles de personas han narrado las conversaciones y los gestos que habían tenido lugar en la sala mientras intentaban reanimarlos. No se ha encontrado una explicación lógica a esos testimonios. Hay otra, que no invalida lo real de la experiencia, y es que los seres de luz adoptan una apariencia o un nombre que nos resulta familiar para no asustarnos.

—Pero me ha dicho que no había recibido una educación religiosa. ¿Por qué los ángeles le eran familiares?

—Los conocía un poco por haber leído la Biblia, un libro que abunda en manifestaciones angelicales. Hubo otra cosa que me desconcertó: el ángel que se me apareció se presentó como «el ángel del consuelo». Años más tarde, al investigar, descubrí que así es como la tradición cristiana llama al ángel que consoló a Jesús en el monte de los Olivos cuando padecía una terrible agonía, justo antes de que lo detuvieran y lo crucificaran. Me pregunté si la misión de ese ser de luz y de amor era consolar a los que están más desesperados. Pero, en fin, ¡esa es otra historia! Mi familiaridad con los ángeles —prosigue Blanche— también se debe, tal vez aún más, a mis lecturas profanas. El tema del ángel forma parte de nuestra cultura occidental. Están en todas partes: en esculturas, cuadros, novelas, etc. Te he hablado de Victor Hugo, pues bien, ¡sus poemas están repletos de ángeles! ¿Quieres que te recite otro, precioso, que me sé de memoria?

Hugo asiente con la cabeza. Blanche cierra los ojos, esboza una sonrisa, espera unos largos minutos y luego empieza a recitar con voz honda:

Dichoso el hombre preocupado por el eterno destino,
que, como un viajero que parte al alba, despierta
    soñoliento
y desde que amanece lee y reza.
A medida que lee el día se levanta,

y crece en su alma como en el firmamento.
A la pálida luz distingue claramente
lo que hay en su cuarto y dentro de sí mismo;
todo duerme en la casa; él cree que está solo
y, no obstante, con la boca cerrada y un dedo
en los labios,
a su espalda, mientras le embriaga el éxtasis,
los ángeles, sonriendo, se inclinan sobre su libro.

27

Polonia, enero de 1945

—Estos últimos años todo me parecía absurdo y repugnante: la guerra, los campos de la muerte, el sufrimiento extremo. ¿Quieres decir que incluso eso tiene sentido? ¿Por qué existe el mal?

—Lo que tú llamas el mal puede concebirse como la privación del bien. Sin la experiencia del mal, no tendrías consciencia de lo que es el bien. En la Tierra todo es experiencia. Algunas experiencias son luminosas; otras, tenebrosas. Algunas colman el corazón; otras, hacen sufrir. Algunas consuelan; otras, aterrorizan. Cuando el dolor te invada, no midas tu vida solo por el sufrimiento. Considérala un todo indivisible, con sus altibajos, sus alegrías y sus tristezas, sus luces y sus sombras, y recuerda los momentos felices del pasado. Así podrás seguir amando la vida

135

a pesar de todo. Y, cuando pases definitivamente al otro lado del espejo (ese al que llamáis la muerte), verás el reverso de las cosas y comprenderás que todas las experiencias que has vivido podían hacerte crecer en humanidad, en consciencia o en amor. Pero la decisión era tuya. Pues toda alma es libre. No siempre puede elegir los sucesos que le acaecen, pero sí cómo reaccionará. Si comprendes que cualquier experiencia puede hacerte crecer, sabrás dar sentido a todo lo que te sucede y cada vez progresarás más en alegría, serenidad, conocimiento de ti misma y del mundo, y sobre todo en amor, que es la energía más fuerte y elevada que existe.

28

Francia, julio de 2019

—Qué poema tan bonito —dice Hugo con un tono más sereno—. Es cierto, siempre que me levanto muy temprano tengo la sensación de que el día es larguísimo, y, cuando estudiaba, por la mañana tenía la mente más despejada. Pero esa historia de unos ángeles que se inclinan sobre el libro es un símbolo, ¡es para que quede bien! ¡Ni siquiera él creía en eso!

—¡No te equivoques! Aunque no le habían bautizado y tampoco había recibido una educación religiosa, Victor Hugo era muy creyente. ¡Creía en Dios, en los ángeles y en la vida eterna! ¿Sabías que incluso hizo espiritismo durante años para entrar en contacto con el espíritu de los difuntos?

—¿Me está diciendo que participaba en sesiones de espiritismo?

—¡Sí! Era un republicano muy comprometido. Tras el regreso de la monarquía, tuvo que exiliarse a la isla anglonormanda de Jersey. Ocurrió a mediados del siglo XIX, una época en que el contacto con los espíritus se extendía como un reguero de pólvora: primero en Estados Unidos y luego en Francia, a través de Allan Kardec. Una amiga de Victor Hugo, ferviente adepta del espiritismo, fue a visitarlo a Jersey. El poeta, escéptico en un primer momento, se quedó de piedra cuando el espíritu de su hija Léopoldine, fallecida diez años antes, se manifestó. A partir de entonces continuó practicándolo en familia, a razón de una o dos sesiones diarias, durante dos años. Se le manifestaron más de cien espíritus, entre ellos los de algunos personajes ilustres, como Jesús, Dante o Shakespeare. Hugo estaba convencido de la veracidad de esos encuentros con el más allá y tomó nota de todas esas conversaciones, que se publicaron mucho después de su muerte.

—¿Y usted también cree en eso?

—Tengo sentimientos encontrados sobre este tema. Así como estoy persuadida de que existen espíritus puros, que en nuestra tradición llamamos «ángeles», o los espíritus de los difuntos, no estoy nada segura de que se manifiesten en las sesiones de espiritismo. También puede tratarse de un fenómeno físico que une los inconscientes de las personas presentes.

—¡Ah, por fin un poco de racionalidad!

—Sin embargo, tampoco descarto que ciertos espíritus intenten contactar con nosotros. No creo que la frontera entre el mundo visible y el mundo invisible sea hermética. Conozco a varias personas que han contactado de forma muy distinta con allegados difuntos. Pero desconfío del carácter sistemático del contacto con los muertos mediante el espiritismo. Además, incluso suponiendo que los espíritus se manifestasen en esas sesiones, su identidad tampoco me parece fiable. ¡Cualquier espíritu un poco bromista puede hacerse pasar por Jesús o por Mozart!

—¡En cambio, decía que Victor Hugo creía en ellas a pies juntillas!

—Sí, puesto que eso le inspiró. Esa experiencia transformó y alimentó su creatividad. Su inspiración poética y literaria se duplicó.

Hugo pone cara divertida y contesta con tono jovial:

—De todas formas, desde el momento en que admitimos que la consciencia puede existir fuera de la materia y del cuerpo, todo es posible: Dios, los ángeles, los espíritus de los difuntos, etc. Así que, ¿por qué no también esos contactos con los muertos? Pero, para serle sincero, Blanche, no consigo comulgar con esa premisa de partida. Seguro que sería distinto si, cuando perdí el conocimiento, hubiera visto mi cuerpo y a los bomberos intentando reanimarme. Pero no. Ningún recuerdo. Apagón total entre el momento en que me tragué las pastillas y cuando me desperté aquí, a su lado. Ni visión, ni luz, ni ángeles, ni difuntos, ni amor incondicional, ni orgasmo cósmico. Nada de nada. ¿Puede que sea así porque no creo en ello?

—No, eso no tiene nada que ver. Ya te he dicho que personas totalmente materialistas y ateas han vivido esa experiencia.

—Vaya, pues qué mala suerte. ¡A ver si me pasa la próxima vez! En serio, Blanche, creo que nunca se podrá demostrar de manera científica que todo eso es verdad.

—Estoy de acuerdo contigo.

—¡Hace un momento me decía lo contrario!

—Mientras que la ciencia siga ciñéndose a un paradigma materialista, es muy probable que, en efecto, no se encuentre un método o un protocolo que pueda aprehender los fenómenos del espíritu. Tendremos que conformarnos con recopilar testimonios, que ya es bastante, y concluir que no damos con una explicación racional ante los más inquietantes. Te hago partícipe de mi experiencia con el deseo de que te suscite nuevas preguntas, nada más.

Blanche se queda pensativa unos instantes. Después mira al chico a los ojos.

—Tú eres lo que más me importa. Contéstame con franqueza, Hugo, ¿piensas volver a hacerlo?

Él desvía la mirada hacia la ventana. Está absorto en sus pensamientos. Al rato se dirige de nuevo hacia Blanche y con voz conmovida le dice:

—En estos dos días he entendido muchas cosas. Quizá sea muy pronto para dejar esta aventura. Creo que voy a darme una segunda oportunidad para disfrutar de la vida.

Blanche esboza una sonrisa luminosa y le coge la mano.

—¡Hugo, qué alegría me da oírte decirlo! Eres joven, eres inteligente, eres sensible, eres guapo: ¡lo tienes todo para que tu vida sea maravillosa! Solo te falta confiar en ti mismo y tener fe en la vida. Sin confianza no se puede avanzar. Y la confianza está ligada al amor. Cuando nos sentimos amados de manera incondicional, confiamos en nosotros y en la vida. Es probable que tu padre no haya sabido mostrarte ese amor, y tu madre se fue demasiado pronto.

Hugo retira la mano despacio y baja la mirada.

—No lo sé. Al parecer, de niño era más bien alegre y despreocupado. Luego algo se rompió. Me volví más taciturno. Como si estuviera hastiado de todo.

—Mira, he sido profesora durante muchos años y he conocido a muchos jóvenes que experimentaban ese tipo de crisis existencial. Es muy normal. Forma parte de las alteraciones de la adolescencia, esa transición hacia el mundo adulto provoca muchísimos cambios en el cuerpo y en la relación consigo mismo y con los demás.

—Sí, sí, eso también tiene una explicación hormonal. Pero, en mi caso en particular, hay algo más insano, más desesperado, que se enquistó al principio de la adolescencia.

—¿Y no puedes asociarlo a un suceso en concreto?

Hugo se toma un tiempo para reflexionar y luego hace una mueca. Está incómodo. Suspira y, con una sonrisita irónica, le pregunta a Blanche:

—No tendrá un porro, ¿verdad?

Blanche suelta una carcajada.

—¡Mira, solo lo he probado dos veces y me he puesto mala cada vez!

—¡A mí me pasa lo contrario, me despeja la cabeza y me relaja un montón!

—¿Fumas a menudo?

—¿Hierba? Solo dos o tres veces a la semana.

—Ya es bastante, ¿no?

—¡Qué va! Tengo colegas que fuman una decena al día.

—¡Dios mío! ¿Y en qué estado se encuentran?

—¡Están en la parra! Y también tienen trastornos emocionales. Yo solo lo hago para sentirme mejor cuando estoy de bajón. Pero no es una adicción, puedo dejarlo cuando quiera. Y usted, Blanche, ¿tiene algún vicio?

—¡Ja, ja, ja! ¿Quién no tiene sus pequeñas debilidades?

—Confiéselo todo.

—¡Sí, padre, pido confesión!

Se echan a reír. Luego, Blanche abre la puerta de la mesilla y saca un frasquito.

—¿Un poco de licor de ciruelas?

29

Polonia, enero de 1945

—Entonces ¿he pasado a eso que llaman el
más allá? ¿No volveré a tener nunca el mismo
cuerpo?

—Estás entre dos mundos, Ruth, porque tu cuerpo físico sigue vivo. Se encuentra en un estado al que
llamáis «coma». La consciencia lo ha abandonado,
pero aún puede integrarse en él otra vez. ¿Quieres
regresar a tu cuerpo?

Esta pregunta me vuelve a inquietar. El sentimiento de unidad, de sencillez, de calma, deja paso
a una dualidad. Me siento tan bien que en modo
alguno deseo reunirme con mi dolorido cuerpo. Al
mismo tiempo, pienso en mi madre. En ese momento la veo de nuevo caminando por la nieve. Es de
noche, no puede más. Su cuerpo sufre mucho, pero

aún más sufre su corazón, pues me da por muerta. Siento una gran compasión por ella. ¡Me encantaría consolarla, decirle que estoy viva y soy feliz! Pero no puede oírme.

30

Francia, julio de 2019

Hugo entra en el despacho del psiquiatra. Como acaba de brindar alegremente con Blanche, parece de buen humor.

—Bueno, veo que estás más animado —suelta el médico tras proponerle que se siente frente a él.

—Sí, sí, me siento mejor —contesta Hugo, intentando ponerse más serio.

—Estupendo. ¿Sigues con ideas suicidas?

—No —responde Hugo sin dudar.

—¿Qué tal la visita de tu padre y tu hermana de ayer por la tarde?

—Muy bien. Estuvieron fenomenales. Me di cuenta del dolor que les había causado.

—Está bien, pero tampoco te culpabilices. Estabas sufriendo y por eso hiciste lo que hiciste. Lo principal es cambiar la visión que tienes de tu vida para que no quieras volver a hacerlo.

—Sí, sí.

—Bueno, veo que la exploración clínica también es muy satisfactoria. Entonces no hay motivos para tenerte aquí.

—¿Cómo?

—¿Te sorprende?

—No... Bueno, sí. No me esperaba que me dejaran salir tan pronto.

—¿Hay algún problema? ¿No te apetece irte a casa?

—Sí, sí.

—No lo parece. ¿Tienes miedo de volver a tu entorno? ¿De encontrarte con tus allegados?

—Eh, no, no en especial.

—¿A qué se debe entonces esa reticencia?

Hugo se siente incómodo y clava la mirada en sus pies, luego en el techo, antes de tirarse a la piscina.

—No me apetece dejar a una persona que he conocido aquí.

Por primera vez, el médico esboza una leve sonrisa.

—¡Imagino que no seré yo!

—¡Pues no!

—¿A quién te refieres?

—A Blanche.

—¿Una enfermera?

—No, es la anciana con quien comparto habitación.

—¡Ah, sí! ¡Me había olvidado de su nombre! Al parecer es muy simpática.

—Es mucho más que eso, doctor. ¡Es maravillosa! Esa mujer ha tenido una vida increíble.

—¿Ah, sí?

El médico revisa sus notas.

—Perdiste a tu madre con diez años, ¿verdad?

—¡Sí, pero no tiene nada que ver!

—Puede que sí tenga algo que ver. ¿Esa mujer te proporciona un consuelo maternal que no has tenido?

—En absoluto. Todo ocurre a otro nivel.

—Me encantaría saber cuál.

—Es difícil de explicar. Digamos que me he encariñado con ella. Y, además, hablamos mucho y esas conversaciones me sientan muy bien.

—¿Ah, sí? ¿Y de qué habláis, si no es indiscreción?

—De cosas importantes. De la vida, de la muerte, de la felicidad, del amor, de por qué estamos en el mundo. Ella era profesora de filosofía.

—Ah, entiendo —dice el médico con un amago de sonrisa—. Pero creo que esta mujer se está muriendo, ¿no?

—Sí, tiene una insuficiencia renal grave y ha pedido que dejen de hacerle diálisis. Ya no se alimenta. Solo le quedan unos días.

—Mmm...

—Me gustaría mucho acompañarla hasta el final.

El médico se quita las gafas y las limpia en silencio.

—Para mí es importante —insiste Hugo—. ¿Lo entiende, doctor?

—Sí, lo entiendo, pero no creo que sea una buena idea.

—¿Por qué?

—Has intentado quitarte la vida. Aún estás frágil y temo que este apego repentino por esa mujer, que probablemente sea un reflejo de tu madre fallecida, vuelva a sumirte en unas ideas suicidas cuando se marche.

—No lo creo, más bien al contrario...

—Tú no sabes nada, y yo tampoco, por otra parte. Pero el riesgo existe y no me apetece correrlo. Verla morir podría resultarte dañino y provocarte el deseo de irte con ella.

Hugo se queda desconcertado.

—Además, necesitamos camas en esa unidad y no puedo dejarte aquí sin que haya motivos —añade el médico—. Lo mejor es que te despidas ahora de ella y, acto seguido, abandones el hospital. Voy a preparar el alta.

Mientras el psiquiatra rellena un formulario, Hugo se levanta.

—Doctor, me niego a salir ahora. Quiero estar presente cuando se vaya.

El médico lo mira a los ojos.

—Confía en mi experiencia, no te conviene. Y tu insistencia solo confirma mi temor.

El psiquiatra pulsa una tecla del teléfono fijo. Entra un enfermero. El médico le tiende el alta de Hugo.

—Tome. Devuélvale el móvil. Ya se va del hospital. Dele un tiempo para despedirse de la persona con la que comparte la habitación.

Aturdido, Hugo sigue al enfermero. No se hace a la idea de tener que dejar a Blanche y no volver a verla. El enfermero rebusca en su armario y saca el teléfono de Hugo, que está dentro de una bolsita de plástico transparente. Le da los papeles del alta y le invita a ir a la unidad de observación para recoger el resto de sus cosas y despedirse de su amiga.

Hugo se dirige a su habitación abatido, no sabe cómo darle la noticia a Blanche. Abre la puerta y constata, estupefacto, que la anciana no está en la cama. También han quitado las sábanas.

31

Polonia, enero de 1945

—Puedes volver con ella si quieres, Ruth. Pronto una pareja de leñadores se llevará tu cuerpo y tratará de reanimarlo en su cabaña. Si quieres regresar a él, lo conseguirán y continuarás con tu existencia en esta Tierra por muchos años. Pasarás por algunos sufrimientos, pero también vivirás grandes alegrías. Tu corazón crecerá, y tu consciencia, progresará. Si decides quedarte aquí, tu cuerpo físico perecerá y tu alma continuará su viaje.

—¿Adónde?

—No puedo decírtelo, ya que aún puedes volver a tu cuerpo físico y retomar la existencia que habías elegido antes de encarnarte.

32

Francia, julio de 2019

Hugo corre a la sala de enfermería.

—¿Qué le ha pasado a Blanche? ¡No está en la habitación!

—No sabemos gran cosa, empezó a sentir dolores muy fuertes en el vientre. Tal vez una isquemia intestinal.

—¿Una qué?

—La obturación de una arteria que irriga el intestino. Ha estado a punto de perder el conocimiento. La han llevado a la sala de urgencias para intentar estabilizarla. Pero a su edad y en el estado en que se encuentra...

—¿Y por qué habéis quitado las sábanas?

—Hemos aprovechado para cambiárselas. Yo también espero que vuelva, es tan amable.

Hugo regresa a la habitación. Sabe que no puede hacer nada por ella. Solo esperar. Le invade una enorme sensación de impotencia. De pronto, se le ocurre una idea: «¿Cómo se llamaba el ángel? El ángel del consuelo... ¡Tiene que venir a ayudarla! Pero ¿cómo lo hago, si no he rezado en mi vida?». Claire, la auxiliar de enfermería, entra en la habitación para hacer la cama con sábanas limpias. Está tan afectada como Hugo y ambos intercambian una mirada triste.

—Claire, ¿tú sueles rezar? —suelta el chico.

—Sí, a menudo. Soy muy creyente.

—¡Estupendo! ¿Puedes rezarle a un ángel para que ayude a Blanche?

—¿Por qué a un ángel? Yo le rezo a Dios, a Jesús y a la Virgen.

—No, esos no sabemos si existen —contesta Hugo sin calibrar el impacto que estas palabras podrían tener en su interlocutora—. Hay que rezarle al ángel del consuelo. Blanche dice que lo conoció hace décadas, otra vez que estuvo en coma. La ayudó a volver a la vida.

Claire lo mira estupefacta.

—Ya se conocen, ¿entiendes? —explica el joven—. Quizá pueda ayudarla de nuevo.

—No acostumbro a rezar a los ángeles, pero si eso sirve para ayudarla y complacerte, ¿por qué no?

—¡Eres maravillosa, Claire!

—Pero vamos a hacerlo juntos.

—¡Ah, no! Yo no sé rezar.

—Da igual, haz lo que yo haga.

—Pero ni siquiera sé si ese ángel existe...

—Acabas de decirme lo contrario.

—Sí, pero yo no creo en nada. De todos modos, si de verdad existe, aunque sea muy poco probable, vale la pena intentarlo, ¿no?

—Esto no funciona así. El rezo no es un ritual mágico. Ese ángel puede que te conceda lo que pides si amas profundamente a esa persona y si rezas con todo tu corazón. Así que ¡esfuérzate, aunque no creas!

Hugo está muy estresado.

—¿Cómo se hace?

—Fíjate en mí.

Claire se pone de rodillas delante de la cama de Blanche, cierra los ojos y se santigua. Hugo la imita con torpeza.

—Ahora piensa con fuerza en Blanche y pide con el corazón al ángel que conoce que rece por ella para que, si es la voluntad de Dios, viva un poco más.

Hugo piensa intensamente en la anciana y trata de decir para sus adentros lo que la auxiliar le ha aconsejado. Las lágrimas se deslizan por sus mejillas. Le gustaría mucho volver a ver a Blanche con vida, aunque solo fuera para darle las gracias y decirle adiós. Al cabo de unos minutos, Claire vuelve a santiguarse y se levanta. Hugo también se pone en pie y la abraza. Les une una honda emoción: el amor que albergan por esa mujer a la que apenas conocen pero que les ha arrebatado el corazón.

33

Polonia, enero de 1945

Aunque no quiera influir en mi libre albedrío, el ángel me da a entender que mi vida terrestre aún puede estar llena de sentido. Aquí estoy muy bien, pero una vocecita me dice que, puesto que el destino me ha salvado, sería mejor que regresara a mi cuerpo. Sin embargo, no me apetece en absoluto. El rostro de mi madre vuelve a surgir ante mí. Siento su sufrimiento por haberme perdido y un amor inmenso por ella. Ese amor es más fuerte que todo: es mejor que intente encontrarla y continuar la aventura a su lado. Decido volver. Parece que el ángel sonría de nuevo. Siento que un fuego de amor y un torrente de alegría inundan mi alma.

Siempre estaré contigo, Ruth, aunque ya no me

veas con los ojos del cuerpo. Recuérdalo cuando sientas un gran dolor. Nunca estás sola. Ningún ser humano lo está, aunque lo crea. Siempre serás amada y querida. No tengas miedo nunca más.

34

Francia, julio de 2019

Apenas una hora después, una camilla empujada por dos enfermeros se adentra en la habitación. Hugo contiene la respiración. Distingue el rostro de Blanche. Tiene los ojos cerrados y la nariz entubada.

—¿Qué le pasa? —suelta impaciente a los enfermeros que la han trasladado a la cama y le han vuelto a poner el gotero.

—Estasis estomacal. Le han hecho una aspiración gástrica. Está mejor.

Hugo siente un alivio enorme. No para de repetir para sus adentros: «Gracias, gracias, gracias». Después se sienta en una silla junto a la cama de Blanche y le acaricia la mano despacio. Al rato la anciana abre los ojos y esboza una sonrisa. Mira a Hugo y le aprieta un poco la mano.

—Me alegro tanto de que esté viva —le dice el joven, muy emocionado.

—Parece... que... me han otorgado una pequeña prórroga... para nosotros —murmura con dificultad.

—¿Sabe que incluso he rezado por primera vez en mi vida?

—¿Por mí?

—¡Sí! Tenía mucho miedo de no volver a verla.

—¿A quién has rezado?

—A su ángel, el ángel del que me habló.

—¿Al ángel del consuelo?

Hugo asiente con la cabeza y con mirada pícara añade:

—¡Qué vergüenza, si me hubieran visto mis colegas!

—Pues, mira, ¡te lo ha concedido! Estoy contenta de verte. Aún tenemos que hablar de muchas cosas, ¿no?

La mirada del joven se ensombrece.

—¿Qué pasa, Hugo? Te has puesto muy triste...

—Tengo una mala noticia, Blanche. El psiquiatra ha prescrito mi salida del hospital.

El rostro de la anciana se oscurece a su vez.

—Vaya. ¿Y eso por qué?

—Teme que me encariñe demasiado con usted

y que intente suicidarme otra vez cuando usted muera.

—¡Menudo imbécil! ¿Quieres que hable con él?

—No serviría de nada. Lo tiene muy claro. De todas formas, necesitan que mi cama quede libre.

Blanche permanece en silencio un buen rato. Después, con una voz muy dulce, mira a Hugo a los ojos y le pregunta:

—¿De verdad quieres acompañarme hasta el final?

—¡Sí, quiero estar con usted todo el tiempo posible!

—¿No temes verme morir, presenciar cómo mi cuerpo se convierte en un cadáver gélido?

—No, la muerte no me da miedo.

—Bueno, si es así, hay una solución.

La mirada de Hugo se vuelve a iluminar.

—¿Cuál?

—¡Tú no tienes permiso para quedarte en el hospital, pero yo soy libre de irme!

—¿Qué... qué quiere decir?

—Vine a morir aquí para que no me faltasen cuidados ni, sobre todo, presencia humana, porque, como sabes, no me quedan ni familia ni amigos. Pero nada me obliga a permanecer en el hospital. Puedo firmar sin problema el alta voluntaria y volver a casa... A condición, por supuesto, de que me acompañes.

Sobrecogido, Hugo se lanza al cuello de Blanche y la abraza.

—¡Sí! ¡Mil veces sí!

35

Polonia, enero de 1945

Siento que la figura luminosa se aleja despacio y empiezo a oír un canto celestial, como un coro infantil. La melodía es tan hermosa que me atraviesa el alma y la letra me transmite sus deseos de que continúe mi aventura en la Tierra.

Querida amiga, te deseamos todo lo bello, lo justo y lo bueno que anhela tu corazón.

Que liberes la fuerza del amor que reside en el fondo de tu corazón, que conviertas tu enfado en perdón, que aprendas a aplacar tus miedos, que superes tus penas más hondas.

Te deseamos aromas, sabores, deseos.

Que disfrutes de cada menú placentero que se te ofrezca, que recibas cada acontecimiento como una oportunidad para crecer, recibir y dar con el corazón abierto de par en par.

Que seas plenamente tú misma, que encuentres tu camino, el que te haga feliz, que conozcas a personas que te quieran, que también alivies las penas de aquellos con los que te encuentres.

36

Francia, julio de 2019

A duras penas ha conseguido Blanche el alta, en contra de la opinión médica. Al principio su médico se ha negado, pero, a fuerza de tenacidad, ella ha acabado saliéndose con la suya. Hugo la ha sentado en la silla de ruedas y luego han tomado un taxi que los ha llevado al domicilio de la anciana, no muy lejos del hospital. El piso, situado en una segunda planta, da a un pequeño patio con árboles y cuenta con dos habitaciones y un despacho. Como hace un poco de calor, Hugo abre la gran ventana del salón. Está impresionado por los miles de libros que tapizan las paredes de todas las estancias.

—¿Los ha leído todos?

—¿Tú qué crees? ¡No están para decorar! También mi marido era un gran lector, aunque no leyese los mismos libros que yo.

—Me dijo que era carpintero, ¿no?

—Sí. Le gustaban las novelas policíacas y las biografías históricas, ¡yo, en cambio, me dejaba la vista con los libros de Aristóteles y de Kant! Mira, llévame a mi despacho.

Hugo empuja la silla de ruedas hasta la mesa de Blanche, que está en perfecto orden.

—Abre el primer cajón y dame la caja.

Obediente, Hugo tiende a la anciana una caja de latón que tendrá al menos cincuenta años. Blanche la abre despacio con cara golosa. Saca de ella una decena de fotos, la mayoría en blanco y negro.

—¡Mira! ¡Aquí está mi Jules! Es el día de nuestra boda.

Hugo observa con emoción el rostro enjuto de un hombre guapo de ojos claros. Pero, sobre todo, le atrae la cara de la novia.

—¡Blanche! ¡Está increíble!

—¡Reconozco que no desagradaba a los hombres! —dice orgullosa.

A continuación le muestra unas fotos de su hijo y otra, más antigua, de una mujer de unos cuarenta años flanqueada por dos niños, un chico y una chica.

—Mi madre, mi hermano y yo.

—Es curioso que no se llevara estas fotos al hospital.

—Me alegro de enseñártelas, ¡todos ellos viven en mi corazón! Con solo cerrar los ojos, me vienen a la cabeza recuerdos muy vivos. Bueno, vamos al salón, tomaremos un buen vaso de agua: ¡la escapada del hospital me ha dado sed!

Hugo tumba a Blanche en el sofá, la acomoda sobre los cojines y va a la cocina a por dos vasos de agua. Después, impresionado por los libros, no puede dejar de coger algunos para hojearlos.

—Blanche, si tuviera que irse a una isla desierta, aparte de los poemas de Victor Hugo, ¿qué libro se llevaría?

—¡La *Ética* de Spinoza! —contesta la anciana sin atisbo de duda—. Mira, está allí, al final de esa estantería.

Hugo observa las obras y se percata de que hay cinco o seis ejemplares de la *Ética*, en ediciones diferentes.

—Pero ¡si tiene un montón de versiones!

—Sí, porque las traducciones no siempre son iguales y me gusta compararlas.

Hugo coge una al azar, hojea el libro y lee algunas líneas aquí y allá.

—¿No hay una traducción francesa en francés? ¡Porque, lea lo que lea, no entiendo absolutamente nada!

Blanche se echa a reír.

—¡Ah, maldito Spinoza! Es cierto que podría haber escrito con un estilo más accesible. Pero, si nos esforzamos en entenderle, es maravilloso. ¡Lo comprendió todo! En el siglo XVII imaginó las democracias laicas modernas. Es el padre de la psicología de las profundidades y pionero de los estudios históricos y críticos de los textos religiosos. Pero, sobre todo, su metafísica y su ética son luminosas.

—¿Su qué? —dice Hugo con una sonrisita burlona.

—La metafísica, como su propio nombre indica, es el estudio de lo que va más allá de la física. Es el estudio filosófico de las grandes cuestiones trascendentales, sobre todo la de Dios. Y la ética es lo que guía nuestras acciones. Son nuestros valores y nuestras reglas vitales, si quieres verlo así.

—¿Spinoza creía en Dios?

—No creía en Dios porque no era creyente, incluso padeció un violento destierro a los veintitrés años por parte de la comunidad judía, debido a su profunda irreligión. Pero pensó en Dios en el marco de su filosofía. Para él, Dios no es un ser superior y externo al mundo, como dice la Biblia, sino un ser infinito que es la sustancia de todo lo que existe, tanto la materia como el espíritu. Dios no es trascendente en el mundo, no lo creó en un momento dado, sino que el mundo existe desde tiempo inmemorial y Dios es inmanente, es decir, que está en todas partes.

—¿Y usted está de acuerdo con él?

—Durante mucho tiempo me consideré atea. Pero después de leer la *Ética* diría, como Einstein, que creo en el Dios cósmico de Spinoza.

—Ya... Y su ética, ¿qué dice?

—Que todo organismo vivo se esfuerza en persistir y desarrollar su ser. Y, cada vez que prospera, está alegre, y, cada vez que decrece, está triste. Lo que debe guiar nuestra acción es la búsqueda de la alegría, aquello que nos hace crecer y aumentar nuestra fuerza vital.

—¡Ah, eso lo entiendo mejor!

—Recuerda que, cuando te hablé de buscar tu propio camino, te dije que te dirigieras hacia lo que te pone alegre.

—Es verdad.

Hugo deja el libro en su sitio, pero Blanche le interrumpe con firmeza:

—¡Quédatelo! Te lo regalo.

—Se lo agradezco, Blanche... pero no voy a entender gran cosa.

—Tal vez ahora no, pero a fuerza de leerlo encontrarás perlas que podrán ayudarte a vivir.

—En este caso, lo acepto encantado. Lo guardaré para siempre, así me acordaré de usted.

Hugo coge el libro y le da a Blanche un beso en la frente.

—Quédate también el ejemplar de *Las contemplaciones* que llevo conmigo. Y aún me gustaría darte un tercer libro, igual de valioso.

—No hace falta, Blanche...

—Cuando muera, todos los libros, al igual que este piso, los legaré a asociaciones humanitarias. ¡Así que a nadie le importará si falta alguno! Súbete a la escalerilla y busca a la izquierda de la última estantería.

Hugo obedece.

—Hay un librito de bolsillo que se titula *Una vida conmocionada*.

Hugo consulta el lomo de las obras y saca una.

—*Una vida conmocionada*, de Etty Hillesum. ¿Es ese?

—Sí. Es el diario de una joven judía holandesa a la

que deportaron, como a mí, a Auschwitz. Murió antes de que yo llegase. ¡Cómo me hubiera gustado conocerla!

—Pero ¿cómo pudo publicar su diario si murió allí?

—Estos textos se reunieron mucho después de su muerte, y el libro no se publicó hasta 1975. Contiene su diario de juventud, que había empezado en Amsterdam antes de que la arrestaran, así como las cartas que escribió cuando estuvo deportada en el campo de tránsito de Westerbork, justo antes de que la enviasen a Auschwitz. Son unas cartas conmovedoras. Dan grandes lecciones de humanidad. ¡Deberían leerse en todos los colegios del mundo!

—¿Por qué?

—Cuando las leas, entenderás el porqué. Pero, resumido en dos palabras, cuenta que, aunque vivía tras el alambre de espino, inmersa en la miseria y la humillación más absolutas, nada ni nadie podía quitarle la alegría y el amor por la vida.

—Es como lo que le pasó a usted, ¿no?

—¡En absoluto! Cuando yo estaba en el campo de exterminio, era infeliz y me moría de tristeza. Estaba harta de la vida y no le encontraba ningún sentido. Solo tras mi experiencia de muerte inminente volví a desarrollar el gusto por la vida. Lo que me dijo aquel ser de luz me iluminó acerca del sentido de la existencia humana y me devolvió el valor para vivir, a pesar de todo el sufrimiento. Lo extraordinario en esta chica es que, sin ninguna ayuda, en su fuero interno superó esa terrible adversidad que es estar en un campo de concentración. Dame el libro, voy a leerte un breve pasaje en el que dice lo esencial.

Hugo le tiende el librito a Blanche. La anciana lo hojea y se detiene en una página que tiene el margen emborronado a lápiz.

—¡Escucha bien!

Cuando se tiene vida interior, poco importa, sin duda, el lado de la reja del campo en que te encuentres... Ya he padecido mil muertes en mil campos de concentración. Lo conozco todo... De una u otra manera, ya lo sé todo. Y, aun así, esta vida me parece hermosa y llena de sentido... El gran obstáculo siempre es la representación y no la realidad.

Blanche cierra el libro y exhala un profundo suspiro. Después, continúa hablando.

—¿Ves, Hugo? Lo que dice ahí y, sobre todo, lo que vive allí, es el culmen de toda la sabiduría del mundo.

—¿O sea?

—Con lo joven que es, ha comprendido y puesto en práctica lo que ya decían Buda y Epicteto, es decir: que el obstáculo para alcanzar la felicidad no es la realidad, sino la representación que tenemos de ella. La felicidad del sabio ya no depende de los sucesos, siempre aleatorios, que proceden del mundo exterior, sino de la armonía del mundo interior. Etty podría dejar a sus verdugos que le arrebataran esa armonía, esa paz y esa alegría que habitan su corazón, pero rechaza otorgarles ese poder. Lo consigue al no centrarse en el sufrimiento que estaba padeciendo, sino, por el contrario, al observar su vida en su totalidad, con sus momentos tristes y sus momentos alegres.

—¡Qué fácil es decirlo, pero, cuando se sufre, no se puede ver más allá! Es imposible relativizar el dolor así como así.

—Es difícil, sí, pero no imposible. Etty lo supo cuando estaba en las peores condiciones y yo también lo he experimentado a lo largo de mi vida, después de la deportación. Cuando perdí a mi único hijo en aquel terrible accidente, el mundo se me cayó encima. Estuve destrozada durante días, semanas, meses. Pero recuperé la paz interior y nunca he perdido el amor por la vida. La vida me había dado veinte años de felicidad a su lado y sabía que Jean debía continuar su camino en otro lugar y yo tenía que aprender a vivir sin él. Además, quizá algún día nos reencontremos en otra vida, quién sabe...

—Está claro que creer en la inmortalidad del alma debe de ayudar mucho a superar la pérdida de un ser querido.

—Sin duda.

Blanche se queda pensativa unos minutos, luego alza la cabeza hacia Hugo, que sigue hojeando ese libro plagado de anotaciones.

—¿Te apetece un té?

37

Polonia, enero de 1945

El coro angelical prosigue su canto con mayor intensidad:

Te deseamos, querida amiga, que aprendas a amar la vida todavía más.

Que la ames con sus altibajos, sus momentos agradables y sus momentos difíciles.

Que la ames por las alegrías que te regala, pero también por las penas que te invita a superar.

Que la ames con su luz y con sus tinieblas, con la certeza y con la duda.

Que la ames ante el prodigio del nacimiento y ante el dolor de la despedida.

Te deseamos que descubras que tras hondas penas pueden brotar grandes alegrías.

Que la luz más hermosa surge de la noche más oscura.

Que aprendas a amar la vida, en su totalidad, no solo cuando te sea más favorable.

Y entonces descubrirás que el secreto de la alegría verdadera, que nada ni nadie te podrá arrebatar nunca, no es otro que el amor incondicional por la vida.

38

Francia, julio de 2019

Hugo prepara el té en la cocina siguiendo las indicaciones de Blanche. Cuando regresa al salón, la anciana está adormecida. No se atreve a despertarla. Observa la estancia con más atención y se fija en un viejo tocadiscos que reposa en una mesita esquinera.

—¡Qué chulo! —murmura al acercarse para inspeccionar el aparato, que debe de ser de los años sesenta.

Entonces descubre una colección de vinilos que se alinean en los anaqueles más bajos de la librería. Saca uno tras otro, fascinado. «Caramba, qué bonitas eran estas fundas», piensa quien solo ha conocido las descargas de música en su tableta. Junto a numerosos discos de ópera, música clásica y jazz que no conoce, encuentra discos de *chanson française* de posguerra, le suenan algunos nombres: Piaf, Trenet, Aznavour, Montand... Pero, sobre todo, le llama la atención el pop, el único género musical en que coincide con los gustos de Blanche. Se queda maravillado ante los discos de Pink Floyd, uno de sus grupos fetiche. «¡Uaaau, esta oreja es increíble! —se dice al descubrir la funda de *Meddle*—. «¡Y esta vaca! ¡Qué mirada tan graciosa!» Mientras está examinando embelesado los discos de los Beatles, Blanche se despierta y le llama:

—O sea que has descubierto mi estupenda colección de discos, ¿no?

—¡Sí, es genial!

—He comprado centenares a lo largo de los años.

—Tiene gracia, yo pensaba comprarme algún día un tocadiscos y casi todos los discos de pop que tiene: los Beach Boys, los Rolling Stones, los Beatles, Pink Floyd, Simon and Garfunkel, Santana, Elton John, Patti Smith, Queen, Cat Stevens, Supertramp, Leonard Cohen, Joan Baez, Bob Dylan...

—Esos discos no son míos, sino de mi hijo, Jean. En los años setenta era adolescente y nos descubrió a todos esos grupos. ¡Los he escuchado a menudo a lo largo de mi vida, me traen muchos buenos recuerdos!

—Ahora lo entiendo.

—¡Mira, te regalo el tocadiscos y todos los discos de pop que quieras!

—¡No, no, es demasiado, Blanche!

—¡Te los doy con mucho gusto! Voy a firmarte un papel para que no tengas que preocuparte. Ve a buscar la libreta y el bolígrafo que encontrarás en el segundo cajón de mi escritorio.

—Bueno, luego lo vemos, ¡pero me parece genial! ¡Reconozco que Queen es mucho más guay que Spinoza!

—¡Ja, ja, ja! ¡No se pueden comparar! Ve ahora mismo a buscar la libreta.

Hugo termina obedeciendo y, con mano temblorosa, Blanche escribe en un papel que le cede los tres libros, el tocadiscos y todos los álbumes de pop. Al tenderle la hoja, le dice:

—¿Quieres poner alguna canción que te apetezca escuchar? Echo de menos la música.

—¡Encantado!

Decide sentarse en el suelo, rodeado de discos. Tras dudarlo un buen rato, elige «Angie», del disco *Goats Head Soup*, de los Stones.

—¡Me encanta esta carátula, con Mick vestido de mujer!

Hugo saca el disco con cuidado, lo coloca en el tocadiscos y desplaza la aguja con suavidad. La canción empieza con un leve chirrido y la voz ronca de Mick Jagger le canta a Angie. Sus palabras hablan de nubes oscuras, de sueños por cumplir, de promesas desvanecidas en el aire. De amor.

Blanche cierra los ojos y esboza una sonrisa infantil. Luego vuelve a abrirlos y mira a Hugo, que se balancea un poco.

—¿Me sacas a bailar, apuesto joven?

Hugo se queda pasmado.

—¡Venga! ¡Me encanta bailar y puede que sea mi última oportunidad!

—¿Lo... lo dice en serio?

—¡Pues claro! Pesaré menos de cuarenta kilos, eres lo bastante fuerte para llevarme en brazos.

—¡Genial!

Hugo se acerca a Blanche y la coge en brazos con mucho cuidado. Luego empieza a dar vueltas despacio con la anciana a cuestas.

Blanche está como en un sueño. Hugo la sujeta con ambas manos y deja que sus pies rocen el suelo para que la anciana tenga la sensación de que está bailando; ella consigue rodearle el cuello con los brazos. Se siente muy feliz de bailar por última vez en los brazos de ese joven al que quiere como a un hijo.

Hugo tiene los ojos bañados en lágrimas. Le impresiona la debilidad del cuerpo de Blanche, en comparación con su fortaleza mental. Por el contrario, piensa, él aún tiene una mente muy débil en comparación con su fuerza física. Luego deja de pensar y saborea plenamente ese momento de comunión con su nueva amiga. Y mientras la voz susurrante de Jagger se despide de su Angie, Hugo comprende que ese instante quedará grabado para siempre en su corazón.

Cuando acaba la canción, Hugo deja a Blanche en el sofá con mucho cuidado.

—¡Gracias, gracias, querido amigo! —le dice dándole un beso en la frente—. ¡Me has hecho muy feliz!

—¡Y usted a mí! ¡Ha sido muy guay!

—Bueno, ¿y ese té? Bailar da sed... ¡incluso las baladas!

—Está frío. Voy a calentar el agua.

Hugo regresa con la tetera poco después y sirve una taza a Blanche mientras la ayuda a enderezarse un poco apoyada en los cojines. La anciana se lleva la taza a los labios.

—¡Este también es uno de los grandes placeres de la vida!

—El té no es lo mío, pero la entiendo. Yo soy más de cerveza.

—¡Ay, Dios mío, no tengo!

—¡No pasa nada! No necesito tomar una ahora.

—¿Ves? Las bebidas que nos gustan mucho forman parte de los pequeños placeres de la vida que contribuyen a hacernos felices. También es importante saber disfrutar de ellos. ¡Tomarse tiempo para beber despacio, siendo consciente de cada trago! Hay tantas cosas que podrían resultarnos muy placenteras, pero nos privamos de ellas porque no prestamos suficiente atención a lo que hacemos. Por ejemplo, a mí me encanta ducharme por la mañana. Y, en vez de hacerlo rápido, o pensando en otra cosa, saboreo cada maravilloso instante en que el agua resbala por mi piel. Además, no nos damos cuenta de la suerte que tenemos de disponer de agua a voluntad. Es muy valiosa.

—Sí. Mucha gente tiene problemas para disponer de agua potable. Incluso a nosotros algún día empezará a faltarnos.

—La vida está hecha de esos pequeños placeres cotidianos: lavarse, beber, comer, dormir, observar una flor, un árbol, el cielo... Y la felicidad empieza por disfrutar de ellos con plena consciencia. De hecho, estamos amputados de nuestra alma, también de nuestro cuerpo y de las sensaciones. ¡Vivimos todo el tiempo en el plano mental! ¡No hay nada peor para ser infeliz!

—Es verdad, les doy muchas vueltas a las cosas. Es difícil no pensar. ¿Usted cómo lo consigue?

—Yo era igual que tú, supongo que como todo el mundo. Siempre estaba pensando en algo. Sin embargo, el yoga me permitió reapropiarme de mi cuerpo y dejar mi mente en paz.

—¿El yoga?

—Sí, lo he practicado casi todos los días durante más de cuarenta años. Lo dejé cuando abandoné la diálisis y me hospitalizaron, pero ¡hace unas semanas aún podía hacer algunas posturas que te hubieran sorprendido! ¿Tú has hecho yoga alguna vez?

—Eh... Sí, una o dos veces, pero no me enganchó. Es muy lento.

—¡Precisamente se trata de ralentizar! De volver a conectar con la respiración. De prestar atención a nuestro cuerpo y a la forma de respirar. Si perseveraras un poco, estoy segura de que te sentaría muy bien. Si lo prefieres, haz deporte, pero centrándote en tu cuerpo, sin pensar en otra cosa.

—Sí, lo prefiero, me gusta nadar y correr. Me despeja la cabeza.

—¡Fenomenal! ¿Y lo haces a menudo?

—No, he aflojado mucho el ritmo estos dos últimos años, debido a los estudios.

—¡No deberías dejarlo! Quizá también por eso estás mal. Cuando estudias o te dedicas a algo que te ensimisma, debes reequilibrar tu vida con la práctica diaria de una actividad física: caminar, yoga, natación, tenis, correr, artes marciales... ¡lo que sea! Y lo contrario también es cierto. Siempre hay que equilibrar las actividades del cuerpo y las de la mente. Mi marido tenía un trabajo manual y necesitaba leer libros y cultivarse. El ser humano está formado por cuatro dimensiones: el cuerpo, el corazón, el alma y la imaginación. ¡Para sentirnos bien y desarrollar nuestra humanidad, hay que practicar ejercicio físico, amar, pensar y soñar! Sin embargo, tengo la sensación de que llevas años viviendo en la mente, ya sea por los estudios o por los videojuegos. No me sorprende que ya no tengas ganas de vivir, ¡estás dejando la vida completamente de lado!

—Es verdad.

Blanche mira el reloj que está sobre la chimenea del salón y exclama:

—¡Dios mío, ya son las siete! No has comido nada desde el mediodía, debes de tener hambre.

—Un poco, pero puedo esperar.

—Aquí no tengo provisiones. ¿Quieres ir a un restaurante? Conservo la tarjeta de crédito y algo de dinero. No tengo fuerzas para acompañarte, pero te esperaré aquí.

—No, no. Prefiero quedarme con usted. Si no le importa, puedo pedir una pizza y una cerveza.

—¡Muy buena idea! ¿Tienes el número?

Hugo consulta su móvil.

—Voy a buscar algún sitio en el barrio.

Al cabo de media hora, un repartidor lleva el pedido. Blanche insiste en pagarlo. Mientras Hugo come la pizza con apetito, ella toma otra taza de té.

—¿De verdad no tiene hambre? —pregunta Hugo, sorprendido de que lleve varios días sin probar bocado.

—¡A mí también me sorprende! Era muy glotona, aunque hace mucho tiempo me hice vegetariana.

—¿Por respeto a los animales?

—Por muchas razones. Primero, sí, porque ya no soportaba ver la manera en que crían y matan a los animales, como si fueran cosas y no tuvieran sensibilidad. También porque mi cuerpo toleraba cada vez menos los alimentos cárnicos. Y, además, por motivos ecológicos. La ganadería es una de las principales causas del calentamiento terrestre: ¡consume una barbaridad de agua potable y los pesticidas que se utilizan de forma masiva en la producción de cereales para el ganado son una catástrofe!

—Es verdad. Debería comer menos carne.

Hugo se queda pensativo un rato y luego prosigue:

—¿En serio no le resultó difícil dejar de alimentarse cuando la hospitalizaron, la semana pasada?

—El primer día me dolía la cabeza y el estómago aún me pedía comida. Pero, es curioso, al día siguiente ya no tenía hambre y me sentía mejor. Había leído un libro sobre el ayuno donde se explicaba que la adicción a la comida se pasa enseguida. Es cierto: hace cinco días que ya no me apetece en absoluto comer y bebo bastante poco.

—¿Y no le da hambre verme comer?

—¡Confieso que he sentido un cosquilleo con el olor de la pizza! Pero enseguida se me ha pasado. Come con tranquilidad, no me molesta en absoluto.

—¡Es increíble cómo el cuerpo humano se acostumbra a todo!

—¡Sin duda! El cuerpo humano tiene una complejidad y una organización extraordinarias. Y pasa lo mismo con todos los organismos vivos y los ecosistemas de la naturaleza. ¡La vida es un milagro permanente!

—Yo no diría un milagro, pero sin duda es fascinante. ¡El azar hace bien las cosas!

Blanche se echa a reír.

—¡No me provoques! Sabes muy bien lo que pienso de tu maravilloso azar. Pero da igual cuál sea la causa o el origen de la vida: para mí sigue siendo un objeto al que admirar y contemplar.

Blanche calla un rato y luego añade:

—Ahora comprenderás, Hugo, por qué me altera tanto que alguien decida interrumpir el flujo de la vida, ya sea para matar a un ser vivo o para causarse la muerte.

Un velo de tristeza cubre la mirada de Hugo, que se queda pensativo. Acaba el último trozo de pizza y levanta la cabeza hacia la anciana, que ha entrecerrado los ojos al sentir que el cansancio hacía su aparición.

—Blanche, no se lo he contado todo. Hay una cosa que no sabe y que tal vez le ayudará a comprender mejor lo que hice.

Blanche se endereza de golpe y mira al chico a los ojos.

—Háblame con absoluta confianza. No te juzgaré, sea lo que sea que hayas hecho, sea lo que sea lo que te haya pasado.

Hugo empieza a sollozar y se acurruca entre los brazos de Blanche, quien estrecha su rostro contra su pecho.

39

Polonia, enero de 1945

La silueta desaparece por completo. Los cantos enmudecen. Siento que el túnel me aspira hacia atrás y me arrastra en sentido inverso. El túnel se oscurece. Surgen sensaciones nuevas, cada vez más desagradables. Siento un gran golpe y la oscuridad total. Vuelvo a tener dolores, como picaduras de frío. Comprendo que he regresado a mi cuerpo. Es como si me metiera en una escafandra demasiado pequeña y terriblemente incómoda. Estoy machacada. De pronto oigo las voces de un hombre y una mujer que hablan en polaco. Me duele todo, pero mi corazón está en paz. A duras penas consigo abrir los ojos de mi cuerpo. Sé que los del alma se quedarán abiertos para siempre.

—¡Dios mío, está viva! —exclama una anciana con unos ojos azules inmensos.

Le sonrío y con un gran esfuerzo mis labios logran murmurar estas palabras:

—Sí, estoy viva... ¡muy viva!

40

Francia, julio de 2019

Hugo solloza durante largos minutos entre los brazos de Blanche, no es capaz de decir palabra. Después se endereza y saca del bolsillo un pañuelo de papel para enjugarse las lágrimas.

—Lo siento, Blanche...

—Dime, Hugo. ¿Qué pasó? —pregunta la anciana con un tono de voz impregnado de dulzura.

—Tendría unos once o doce años...

Hugo se aclara la garganta. Le cuesta continuar. Blanche le coge la mano para darle ánimos.

—Mi hermana y yo estábamos de vacaciones en casa de mi tío, el hermano de mi madre. Ella había fallecido hacía poco más de un año. Una noche entró en mi habitación y... empezó a acariciarme. Me quedé petrificado. No me atreví a decir nada. Él también se acarició y se marchó. Al día siguiente hizo como si nada, pero por la noche lo volvió a hacer. Me eché a llorar y él me tapó la cabeza con una almohada para que nadie me oyese. Yo tenía mucho miedo. Pensaba que me iba a matar. Esto siguió así durante todas las vacaciones. Fue un infierno... Me puse enfermo. Me llevaron a un montón de médicos, pero nadie sabía lo que me pasaba. Vomitaba sin parar y tenía pesadillas casi todas las noches. Perdí las ganas de vivir. ¡Tenía muchísima vergüenza y me sentía muy sucio!

Hugo se calla. Blanche le aprieta la mano muy fuerte y le pregunta:

—¿Se lo has contado a alguien?

—Nunca.

Al pronunciar esa palabra, Hugo se echa a llorar. Retira la mano y se tapa la cara. No puede contener el llanto, acompañado de unos quejidos desgarradores. Blanche se queda ahí, frente a él, en silencio. Sabe que no puede hacer nada de momento. Recuerda cuando le comunicaron la muerte de su hijo Jean. Sabe que Hugo tiene que llorar hasta la última gota de tristeza que haya en su interior. Y que no hay que impedírselo por querer consolarlo demasiado pronto. Sabe muy bien que, frente a la angustia más absoluta, siempre estamos solos, y solos debemos atravesarla.

Tras un buen rato, los sollozos empiezan a remitir. Luego, de golpe, Hugo sale corriendo al baño para vomitar, como para exorcizar el mal que lleva tantos años corroyéndole. Mientras tanto, Blanche reza por él en silencio, con el corazón ardiendo de compasión. Hugo sale lívido del cuarto de baño. Blanche le tiende la mano desde el sofá:

—Ven, cariño, ven a mis brazos.

El joven avanza muy despacio y se derrumba en el sofá junto a la anciana, que lo estrecha contra ella con todas las fuerzas que le quedan. Hugo está exhausto. La violenta descarga emocional que acaba de experimentar le ha sumido en una especie de coma. Ha dejado de pensar. Ya apenas siente nada, salvo un cansancio tremendo y un sentimiento de vulnerabilidad. Los brazos de Blanche le sientan bien. Se acurruca contra ella en posición casi fetal. La anciana lo arropa tanto como puede y le acaricia la cara lentamente, con todo el amor que lleva dentro, mientras le va diciendo algunas palabras de consuelo.

—Estoy aquí, mi niño... Estoy aquí... Ya no tienes nada que temer... Te quiero y siempre te querré...

Descansa... Ya ha terminado todo... Estoy aquí... Te quiero, Hugo...

Poco a poco, la sensación de inseguridad abandona al chico, que se queda profundamente dormido.

41

Polonia, enero de 1945

Entro en calor y como lo que mis anfitriones me ofrecen, de modo que enseguida recupero las fuerzas. Solo tengo una idea en la cabeza: encontrar a mamá. Como en el campo aprendí algunas palabras en polaco, explico a los leñadores que debo alcanzar la columna para encontrar a mi madre. Hacen todo lo posible para disuadirme. Por extraño que parezca, a pesar de mi lamentable estado físico siento una gran energía. Como si esa salida de mi cuerpo y el encuentro con el ángel me hubieran recargado, aunque la experiencia haya sido breve, habrá durado apenas quince minutos. En cuanto se hace de día me levanto para marcharme y me proporcionan un abrigo, agua y pan para el camino. Les doy las gracias de todo corazón. Nos abrazamos llorando. Vuelvo a la senda tras las huellas de mis compañeros. Llevo cuatro o cinco horas de retraso, pero ando el doble de rápido que ellos. Mi único objetivo es alcanzarlos antes de que se haga de noche.

42

Francia, julio de 2019

Amanece. Hugo abre los ojos. Sigue tumbado en el sofá al lado de Blanche, que tiene los ojos cerrados. Necesita un rato para asimilar lo que pasó. Se siente mucho mejor. Ya no le duele ni el corazón ni el cuerpo. Tiene sed, incluso hambre. Se levanta despacio y va a la cocina a preparar té. Lo lleva al salón junto con unas galletas que ha encontrado en el fondo de un armario. Blanche también se ha despertado y trata de enderezarse. Hugo coloca la bandeja en una mesita baja que está frente al sofá y se apresura a ayudar a su amiga a ponerse en posición vertical.

—¡Buenos días, Hugo!

—¡Buenos días, Blanche! ¡He improvisado el desayuno!

—Tienes mucho mejor aspecto esta mañana.

—Sí, sí, he dormido muy bien. ¿Y usted?

—Bastante bien. Pero necesito una cosita: ¿me podrías llevar al cuarto de baño?

Hugo coge en brazos a Blanche y la deja en el retrete, luego cierra la puerta y espera a que lo llame para volver a ponerla en el sofá. Le sirve una taza de té. Parece que la anciana está de buen humor, a pesar del cansancio.

—¿Cómo se siente esta mañana? —se preocupa Hugo.

—¡Muy bien! ¡Como puedes ver, sigo aquí!

Ambos ríen de buena gana.

—¿Y tú? ¿Cómo estás? —prosigue la anciana con un tono más serio.

—Bien. Me siento un poco raro y estoy molido, como si hubiera corrido una maratón, pero tengo la sensación de haberme quitado un peso de encima.

—¡Me alegro! Ay, querido, qué feliz me hace que hayas podido contármelo —añade la anciana cogiéndole la mano—. ¿Te das cuenta de que ese veneno terrible te ha estado corroyendo el corazón todos estos años?

Hugo baja la cabeza.

—Sí. Gracias por haberme escuchado y reconfortado. Con usted me siento en confianza. Me daba muchísima vergüenza.

—Pero ¿por qué? No hiciste nada malo. Fuiste víctima de una persona que abusó de ti. ¡A él es a quien debería darle vergüenza!

—Lo sé, pero me sentía sucio por dentro. Y me culpaba por no haber sabido defenderme mejor. Tendría que haber gritado para que mi tía me oyera, o haber dado un cabezazo a ese cabrón... Pero no, estaba paralizado.

—No te culpes por eso. Él se aprovechó de su posición de autoridad sobre ti, y tú eras demasiado pequeño para defenderte. ¿Has vuelto a verlo después? ¿Has hablado con él?

—¡No! Siempre busqué un pretexto para no volver a verlo, e incluso en algunas ocasiones enfermé de verdad antes de celebrar una reunión familiar.

—¿No deberías hablar con él, ahora que te has quitado ese peso de encima?

—¿Para decirle qué? ¿Que es un cabrón que me ha arruinado la vida?

—¿Sabes si le ha hecho lo mismo a tu hermana o a sus hijos?

—Nunca hemos hablado de eso, pero no creo. En su casa nunca he notado la tristeza que a mí me aplastaba tras aquellas vacaciones. Sin embargo, unos años después me enteré de una cosa muy desagradable.

—¿De qué?

—Fue hace tres o cuatro años, en nuestra casa de campo. En el fondo del cajón de la cómoda que hay en la habitación de mis padres encontré por casualidad un diario que mi madre había escondido antes de morir. Una libreta de cuando era adolescente.

—¡Qué emocionante!

—¡Hubiera preferido no haberla encontrado nunca!

—¿Y eso? ¿Qué descubriste?

—Había muchas reflexiones sobre sus sentimientos, sus aversiones, sus alegrías y sus preguntas sobre la vida. Y, entre todo eso, había una confesión terrible.

Hugo exhala un gran suspiro y se lleva la mano a la frente mientras cierra los ojos. Luego prosigue con esfuerzo:

—Contaba... que su abuelo materno había intentado abusar de ella durante unas vacaciones en casa de sus abuelos. La había manoseado. Mi madre tenía doce años. También escribió que quizá a su hermano, mi tío, le había pasado lo mismo, ya que parecía alterado después de aquellas vacaciones y siempre se negó a volver a casa de los abuelos. Decía que nunca se lo había contado a nadie por temor a que no la creyeran.

Hugo se frota la cara con las manos. No puede seguir hablando. Sus ojos vuelven a humedecerse.

—Si supiera, Blanche, lo impensable e indescriptible que es vivir algo así...

—¡Que consigas hablar de eso es formidable! Lo que me estás contando es muy importante, Hugo. ¡Mucho! Te lo agradezco de todo corazón.

—¡Estas cosas jamás tendrían que pasar! ¡Es horrible! —exclama con fuerza Hugo.

—¡Por supuesto! ¡Es inadmisible y absolutamente condenable! Pero, por desgracia, pasa más a menudo de lo que pensamos. La práctica del incesto está omnipresente en todas las sociedades humanas.

—Pero ¿por qué? Si quieres a tus hijos o a tus nietos, a tus sobrinos o tus sobrinas, ¿por qué les infliges este daño?

—Tienes la respuesta en la libreta que encontraste.

Hugo mira estupefacto a Blanche.

—¿Qué quiere decir?

—El incesto, como otras prácticas de maltrato, en algunas familias se transmite de generación en generación. Como está absolutamente prohibido, no se habla de ello y se perpetúa mediante una especie de inconsciente colectivo familiar que puso de manifiesto el psicólogo Jung, del que ya te he hablado.

A Hugo le perturban estas palabras y se percata de que, al igual que su madre, su tío y, tal vez también su bisabuelo, fueron víctimas de una larga historia familiar.

—¿Y qué hay que hacer para que algún día eso se acabe? —suelta con un nudo en la garganta a causa de la emoción.

—Justo lo que tú acabas de hacer: contarlo. Al hacerlo rompes la cadena maldita del secreto. Y también debes hablar de eso con todos los miembros de tu familia: con tu tío, con sus hijos, con tu padre, con tu hermana...

—¡Imposible! —exclama Hugo.

—No solo es muy posible, sino que les harás un gran favor. Así el secreto de familia se desvelará por completo. Solo entonces podrá cesar la pulsión incestuosa inconsciente.

—Pero, entonces, ¿eso significa que no somos libres?

—Cada individuo tiene una fortaleza espiritual diferente, que le permite resistirse, o no, a las pulsiones inconscientes. Pero el riesgo es grande, y solo hablar de ello libremente en familia puede romper la maldición para las generaciones futuras. Tal vez tu misión en esta tierra sea ser quien libere a todo tu linaje familiar, pasado y futuro, de esa maldición.

43

Polonia, enero de 1945

La carretera está cubierta de cadáveres de hombres y
mujeres. Cada vez que veo un cuerpo me pongo a
temblar al pensar que podría ser el de mamá. Siento
que me impulsa una fuerza increíble. Al cabo de unas
doce horas de caminata, cuando ya se está haciendo
de noche, oigo unos ladridos a lo lejos. Sé que estoy
cerca. Distingo un gran edificio agrícola rodeado de
nazis. Deduzco que han hacinado a los deportados
en el cobertizo para pasar la noche. Mamá debe de
estar dentro. Mi corazón late cada vez más deprisa.
Me deshago del abrigo para no comprometer a los
polacos que me han ayudado. Los perros ladran
como locos. Un adiestrador acompañado de dos nazis se me acerca. Me interpelan en alemán. Les explico como buenamente puedo que me he caído y que

me he levantado para alcanzar la columna. Se miran estupefactos, me escrutan de arriba abajo y uno de ellos hace un gesto con la cabeza para que le siga. Entramos en un granero donde hay cientos de mujeres tumbadas en el suelo entre máquinas agrícolas. El SS me pide que me siente en el suelo. Vuelve al poco rato y me da un trozo de pan y un vaso de agua. Lo miro a los ojos: ya no lo considero un verdugo monstruoso, sino un ser humano prisionero de las tinieblas de la ignorancia y de la obediencia. Siento compasión por él. Qué extraño: ¿tanto ha cambiado mi forma de ver la vida? El hombre se aleja. La vacilante luz del día aún me permite distinguir los rostros de esas desdichadas. ¿Dónde está mamá?

44

Francia, julio de 2019

Las palabras de Blanche alteran a Hugo. Le surgen muchas preguntas y emociones. Luego esboza una sonrisa irónica.

—¡Tal vez sea el liberador, pero a qué precio!

—Sé que lo que has vivido es muy duro. Tan duro que, sin duda, fue una de las razones de tu acto desesperado. Pero ten en cuenta que este trance tan terrible puede, si quieres, darte fuerzas para ir más lejos y crecer como ser humano. Es lo que llamamos resiliencia.

—¿Resiliencia?

—La palabra y el concepto se popularizaron en Francia gracias a un hombre maravilloso al que admiro profundamente: Boris Cyrulnik.

—Ah, sí, me suena.

—Se quedó huérfano muy joven en trágicas circunstancias, durante la guerra; supo superar esa adversidad y tiempo después enseñó cómo las grandes desgracias pueden ser también fuente de nuevas fuerzas vitales. Lee su libro, *La maravilla del dolor*.

—¿Y siempre funciona?

—No, por desgracia. Cyrulnik precisa que, para ser resiliente, hay que haber conocido al menos una vez un amor incondicional en el que poder apoyarse. ¿Acaso de niño no conociste ese amor a través de tu madre?

—Sí.

—Entonces no todo está perdido para ti. Puedes reponerte, empezar de nuevo con más fuerza. Y, además, habrás salvado a todo tu linaje familiar de la pulsión incestuosa inconsciente. Pero no te hagas ilusiones: este es el inicio un largo trabajo de reconstrucción interior. Y para tu familia también será largo y, sin duda, doloroso.

A Hugo le alivia escuchar estas palabras que le parecen tan ciertas, a la vez que le agobia la idea de abordar en familia esa horrible cuestión.

—Para empezar, no tengo espíritu de salvador y, en segundo lugar, ¡jamás seré capaz de volver a ver a mi tío y decirle todo eso a la cara!

—Dame papel y bolígrafo y la libretita que está en el cajón de arriba, junto a las fotos.

Aunque no acaba de comprenderlo muy bien, Hugo obedece. Blanche abre la libreta y copia un nombre y un número de teléfono; luego se lo tiende a Hugo.

—¿Qué es? —pregunta él.

—El teléfono de una amiga que es una excelente terapeuta. Llámala de mi parte y cuéntale tu historia. Seguro que te propondrá una terapia durante el tiempo que haga falta. Después, cuando estés preparado, es probable que organice un encuentro con tu tío y los miembros de tu familia. Es mejor decirlo todo en presencia de un terapeuta. Para ti será más fácil y evitará los ajustes de cuentas y la negación de algunos. Seguro que harán falta varias sesiones. También se planteará si hay que denunciar los actos que cometió tu tío. Todo se esclarecerá a lo largo de ese largo camino.

Hugo mira el nombre y el teléfono y se queda en silencio un buen rato; después dice:

—No le prometo nada, Blanche. No estoy seguro de que pueda contárselo a mi familia ni de ser capaz de ver a ese cabrón.

—Tienes razón al estar enfadado, Hugo. Cometió

contigo unos actos inadmisibles y condenables, tanto desde el punto de vista moral como jurídico. Pero seguro que reprodujo lo que él mismo había padecido. Y, si no sufrió incesto, fue prisionero de un inconsciente familiar que le llevó a cometerlo. Como tú podrías hacer un día...

Hugo encaja el golpe. Se coge la cabeza con las manos.

—No puedo creer que, si un día tengo hijos, pueda hacer algo así. No, es imposible, ¡no soy un monstruo!

—Todos somos potenciales monstruos, Hugo. Al igual que todos somos potenciales santos. En determinadas condiciones, todos somos capaces de ejercer el mal, de dominar a los demás, de matarlos. Hay pulsiones destructoras que habitan nuestro inconsciente y pueden actuar, sin que lo sepamos, contra nuestros valores más firmes. Algunas personas resisten; otras, no. Asimismo, todos tenemos capacidades insospechadas para hacer el bien, para dar nuestra vida por los demás. En todo ser humano (en ti, en mí, en tu tío, en tu madre) hay fuerzas bondadosas y fuerzas destructivas. Eso a lo que llamamos el bien y el mal cohabita en nuestro corazón. Si nos queremos liberar al máximo de las fuerzas destructivas, hay que empezar por identificarlas. No hay que reprimirlas, sino sublimarlas; asimilarlas de forma consciente para vencerlas. Cuando somos prisioneros de nuestro inconsciente, ya sea personal, familiar o colectivo, la vida nos lleva a tener experiencias, a menudo dolorosas, cuyo único objetivo es trasladar a nuestra consciencia aquello que nos impulsa sin que lo sepamos, y así nos liberamos de ello. Freud lo llamaba la compulsión a la repetición: hasta que no hayas entendido algo básico que te empuja a cometer actos de manera pulsional, la vida te enviará encuentros, sucesos, que te obligarán a enfrentarte a esa realidad, a esa creencia, a esa pulsión que vive dentro de ti y que guía tus actos sin que seas consciente de ello. Como suele ser muy doloroso, le echamos la culpa a la vida y nos quejamos de no tener suerte. En cambio, se trata de lo contrario: la vida hace todo lo posible para que seamos más lúcidos y más libres. Somos nosotros quienes debemos extraer las enseñanzas...

Hugo se queda pensativo mucho tiempo. Las palabras de Blanche le suscitan numerosas preguntas. Blanche también parece afectada, retiene la mano de

Hugo entre las suyas y cierra los ojos. De pronto los abre y se dirige al chico con una sonrisa juguetona.

—¿Qué te parece si vamos al mar?

Tras la sorpresa inicial, Hugo contesta entusiasmado:

—¡Qué buena idea! Pero ¿no está demasiado cansada?

—Es curioso, pero esta mañana me siento mucho mejor. Como si me hubiera regenerado durante la noche. Hasta me noto especialmente alegre. ¡Tal vez me has dado fuerzas al acurrucarte a mi lado!

Hugo sonríe, pero, por sus conocimientos médicos, sabe que Blanche vive una lucidez terminal, esa misteriosa e inesperada remisión que experimentan algunas personas, en especial las que padecen insuficiencia renal, justo antes de morir. En vez de alegrarse, piensa que es probable que Blanche esté cerca del final.

—Además, ¡no me apetece en absoluto morirme aquí encerrada! —añade la anciana con tono jovial—. Me encantaría terminar este viaje contigo, frente al océano.

Hugo no dice lo que está pensando.

—¡Genial! Pero necesitaríamos un coche —le responde, con una sonrisa en los labios.

—¿Tienes carnet?

—Sí, pero no tengo coche, uso el coche de mi padre.

—¿Tienes el carnet aquí?

Hugo asiente.

—Coge mi tarjeta de crédito y ve a alquilar un coche.

—¿Para cuántos días?

—Bueno, no sabría decírtelo, pero seguramente baste con un par de días. Cuando me haya ido, llama a emergencias. Todo está listo para mi entierro. Te apuntaré el número secreto de mi tarjeta y también el teléfono de mi notario.

—¿Quiere que la incineren?

—¡No! He pedido que me entierren en la misma sepultura que mi marido y mi hijo. No te preocupes por nada, el notario está al tanto de todo y tiene el dinero para hacerlo. Tú solo dale el documento que te he escrito para legarte los libros, los discos y el tocadiscos.

Hugo asiente con la cabeza en señal de aprobación.

—Bueno, ¡sal pitando a por un coche!

—Vale, pero ¿adónde vamos en concreto?

—¿Te suena la bahía de Kernic?

—Está cerca de Plouescat, ¿no?

—Exacto. Uno de los lugares más bonitos del mundo, y que me trae muchos buenos recuerdos.

—Estuve allí de niño, pero apenas me acuerdo de nada.

—Cuando tengas el coche, cogeremos mantas y cojines. De camino comprarás agua y provisiones para ti.

—¿Piensa quedarse a dormir allí?

—¡Pienso morir allí!

45

Polonia, enero de 1945

En cuanto el guardia vuelve a salir, me arrastro entre los cuerpos amontonados. Las mujeres están tan exhaustas que no reaccionan cuando las empujo. Tras buscar en vano durante un rato, me detengo, agotada. La noche es oscura. Se me encoge el corazón. Un grito surge de mi pecho:

—¡Mamá! ¡Mamá! ¡Mamá!

Una voz quebradiza sobresale entre el ruido sordo de los ronquidos y los lamentos.

—¿Blanche?

—¡Mamá!

Salgo corriendo hacia la voz.

—¿Blanche? ¿Eres tú?

Encuentro a mi madre, que se ha incorporado, a unos veinte metros de mí. Nos fundimos en un abrazo.

—¡Mamá!

—¡Blanche, cariño mío, es imposible! Te he visto muerta...

—No, mamá, no estaba muerta. Me levanté para encontrarte.

Lloramos de alegría, de una alegría indescriptible. Nada nos volverá a separar.

46

Francia, julio de 2019

Blanche le ha pedido a Hugo que ponga música por el camino. Él ha conectado las listas de reproducción de su teléfono móvil a los altavoces del vehículo. Se han pasado tres horas tarareando o cantando los éxitos de los años sesenta y setenta seleccionados por Hugo, y Blanche se los sabía casi todos de memoria: «L'éducation sentimentale», «Une belle histoire», «Ma liberté», «L'aigle noir», «Santiano», «Les copains d'abord», «L'été indien», «Mamy Blue», «Tous les bateaux tous les oiseaux», «Quand on n'a que l'amour», «La ballade des gens heureux», pero también «¿Por qué te vas?», «Ti amo», «No Milk Today», «Imagine...». Cuando llegan al aparcamiento más cercano al mar, Blanche está eufórica y agotada a la vez. Hugo la lleva a la cima de una pequeña duna de arena que ofrece una magnífica vista de la bahía. A esa hora, entre semana, está casi desierta. Luego regresa a por las mantas, los cojines, una sillita de playa, una sombrilla y *Las contemplaciones* de Victor Hugo, así como los bocadillos y las bebidas.

—Estamos equipados para un cerco —dice divertido al volver junto a Blanche, que observa embelesada el pausado movimiento de las olas en ese majestuoso joyero azul.

Hugo la coloca cómodamente en la silla, abre la sombrilla para protegerla del sol y se sienta a su lado. Tras la alegría compartida de los cantos, la serenidad de la contemplación de la belleza del mundo. Se quedan más de dos horas en silencio. Puede que las imágenes de sus vidas que les vienen a la cabeza no sean las mismas, pero sus corazones laten al unísono. Están felices de estar ahí, juntos, frente al océano. Empieza a caer el sol y la luz es cada vez más suave y tornasolada. Aplacan la sed y Hugo come un poco. Después, le pregunta a Blanche:

—Estoy seguro de que Victor Hugo escribió un poema sobre el mar cuando vivió en Jersey, ¿verdad?

—¡Claro que sí! Varios, de hecho. Pero no son los que más me gustan. Mi poema preferido sobre el mar es el de Baudelaire. ¿Lo conoces?

—Puede que lo haya estudiado en el colegio, pero no lo recuerdo.

—Lo he recitado tantas veces frente a este océano que se me ha grabado en el corazón.

Blanche cierra los ojos e inspira profundamente. Luego los abre y empieza a recitar el poema mirando el oleaje:

¡Hombre libre, por siempre tú has de querer el mar!
El mar es el espejo en que te ves tú mismo;
en su desenvolver de olas sin cesar
tu espíritu no es menos amargo que tu abismo.

Te gozas en hundirte en él como en tu espejo,
tú acaricias con ojos y brazos su oleaje;
tu corazón se duerme en su rumor complejo,
al son de su gemido fragoroso y salvaje.

Sois los dos tenebrosos y discretos al par.
Hombre, nadie alcanzó tu fondo por completo,
y, ¡oh, mar, nadie ha podido tus riquezas lograr;
los dos, con igual celo, guardáis vuestro secreto!

Y, no obstante, seguís vuestro combate fuerte,
ferozmente, a través de siglos incontables,
los dos seguís amando la carnaza y la muerte,
¡eternos luchadores, hermanos implacables!

Tras un largo silencio, Hugo exclama:

—¡Es magnífico!

—¿Verdad?

—Gracias a usted, me han entrado ganas de volver a leer poesía, Blanche.

—¡Aunque solo sea por eso, ha valido la pena que nos conozcamos! Quédate con mi ejemplar de *Las contemplaciones* y hazte también con *Las flores del mal*, de Charles Baudelaire. Para mí, son las dos joyas más hermosas de la poesía francesa. Y también te aconsejo que eches un vistazo al poeta contemporáneo Christian Bobin. Sabe revelar muy bien la belleza que a veces se oculta en la realidad.

—¡Se lo prometo! Pero, sabe, durante estos días me ha aportado mucho más que el gusto por la poesía.

Blanche vuelve el rostro hacia Hugo, le coge la mano de nuevo y le mira a los ojos rebosantes de amor. Hugo, con la voz tomada por una gran emoción, añade:

—Me ha devuelto las ganas de vivir. Usted es mi ángel del consuelo.

47

Francia, julio de 2019

A Blanche también le embarga la emoción. Aprieta con todas sus fuerzas la mano de su joven amigo y apoya la cabeza en su hombro. Este le pasa el brazo por la espalda y la estrecha contra él. Siguen mirando cómo las olas oceánicas rompen incansablemente en la orilla. Algunas gaviotas empiezan a cantar. El sol prosigue su lento descenso hacia el oleaje azul. Blanche retoma la conversación con voz dulce y penetrante.

—Cuando estuve en coma, aquella vez que estuve a punto de morir, a los diecisiete años, el ángel del consuelo me dijo una frase que se me quedó grabada y que ha iluminado mi existencia: «El camino de la vida consiste en pasar de la inconsciencia a la consciencia, del miedo al amor». Recuérdala y medítala toda la vida.

—¿Me puede decir cómo ha entendido usted esas palabras? —pregunta Hugo, que cree más en la experiencia de Blanche que en la realidad de ese encuentro sobrenatural con el ángel.

—Como ya te he explicado, mientras nos guíe el inconsciente, no seremos libres. De igual modo, mientras nos guíen los miedos, no podremos amar de verdad. Sin embargo, el amor y la libertad son las dos cosas más importantes del universo. El sentido de nuestra existencia en la Tierra es conquistar la libertad y acoger el amor, hacer que crezca. A veces es un camino largo, plagado de esfuerzo, dolores, adversidades, fracasos, humillaciones, abandonos, caídas, perdones, cambios y momentos de gran belleza. Todo está bien, Hugo. Créeme: a pesar de las apariencias, todo está bien. Pero nuestra vida no puede tener sentido, ser bella y satisfactoria sin nuestro consentimiento.

—¿Qué quiere decir?

—La vida no es bella por sí misma, tampoco es en sí amable. Es bella porque sabemos ver su belleza. Es amable porque queremos amarla. Dos personas pueden tener exactamente la misma existencia, conocer a las mismas personas, vivir los mismos acontecimientos: una le dará un sentido a lo que le sucede, amará la vida y verá toda su belleza a pesar del dolor y de los obstáculos. La otra solo puede ver las dificultades, sentir que le aplastan, pensar que la vida es absurda y odiosa. Todo radica en nuestra forma de mirar. Todo radica en la representación que nos hacemos del mundo. Todo radica en nuestra libertad para consentir algo o para rechazarlo. Todo radica en nuestro deseo, o no, de crecer en humanidad, conocimientos y amor. Hugo, si así lo deseas, sabrás aprovechar cada experiencia como una ocasión para mejorar, ser más lúcido, despojarte de miedos y quererte más. Y la alegría se instalará en tu alma. Una alegría profunda que nada ni nadie te podrá quitar. Esta es la alegría que canta en mi corazón desde hace mucho tiempo, a pesar de tantos reveses y dificultades.

48

Francia, julio de 2019

De pronto, Blanche siente un cansancio inmenso que le aplasta el pecho. Sabe que el final de su existencia está muy cerca. Hugo también lo nota e intenta darle un poco de aliento. Blanche le da a entender con la mirada que es inútil. Luego cierra los ojos, inspira y espira profundamente. Los abre poco después y murmura:

—Dios mío, gracias por esta vida. Gracias por todos los que se han cruzado en mi camino. Gracias por mamá, por Nathan, por Jules, por Jean, por Hugo. Gracias por todos los seres invisibles que me han apoyado.

Al cabo de un rato, Hugo no puede evitar murmurar:

—Entonces ¿cree en Dios? ¿En un Dios personal

al que se reza, como el de la Biblia, y no simplemente el Dios cósmico e impersonal de Spinoza?

Blanche sonríe.

—Mi razón concibe a Dios como la sustancia de todo lo existente, pero mi corazón se dirige a él como una niña que le habla a su padre, a su madre. Porque el amor es la energía más poderosa del mundo y, cuando nuestro corazón está henchido de amor, sentimos el deseo de dirigirnos a alguien. El amor es la melodía secreta del universo. Lo que hace vibrar a todos los seres vivos y los une. Es la Realidad última, y no me molesta llamar Dios a esa Realidad última cuando me dirijo a ella. Pues, como dicen estas palabras de Jesús que resumen lo esencial del mensaje bíblico: «Dios es amor».

Hugo no capta por completo las palabras de Blanche, pero, al fin y al cabo, no le importa demasiado. Nota que está sosegada, y eso es lo fundamental para él. Aún hay muchas cosas que quisiera preguntarle, pero sabe que el final de su amiga es inminente. Prefiere disfrutar de esos últimos minutos a su lado, mantener una silenciosa conversación íntima. Blanche termina rompiendo ese momento de comunión.

—Me gustaría escuchar por última vez una pieza

de música clásica que me gusta mucho. ¿La podrías poner en tu teléfono?

—¡Claro! ¿Cuál?

—El «Miserere», de Allegri.

Hugo encuentra la obra en menos de veinte segundos y pone el altavoz. Siente escalofríos al oír cantar al coro de niños. Blanche, con los ojos húmedos, murmura:

—Es lo más parecido a los coros angelicales que oí aquella vez.

Cuando la pieza termina, Hugo, con un nudo en la garganta, confiesa:

—Es sublime, Blanche, aunque no entienda la letra en latín.

—Es el salmo 50, una de las oraciones más hermosas de la Biblia, atribuida al rey David. ¿Sabes que esa obra era propiedad del Vaticano y que solo se podía tocar en la Capilla Sixtina el Miércoles y el Viernes santos? Nadie tenía derecho a copiarla o a difundir la partitura, so pena de excomunión.

—¿Cómo ha llegado hasta nosotros?

—¡Gracias a Mozart! A los catorce años fue a Roma con su padre, en Semana Santa. La pieza le subyugó tanto que esa misma noche la transcribió de memoria y a continuación la difundió por Europa.

—Es increíble.

—¡Sí, y no es una leyenda! El Vaticano aceptó entonces difundir la partitura original, que no se diferenciaba mucho de la que el joven Mozart había transcrito de oído.

—¡Qué historia tan bonita! Voy a guardar esta pieza en mi lista de reproducción y pensaré en usted cada vez que la escuche.

—Me gustaría que la pusieras el día de mi entierro, al que quizá solo asistiréis mi portera y tú. Pon también el adagio del «Concierto para clarinete en La mayor», de Mozart. También es hermoso.

Hugo lo apunta en su móvil. Con una sonrisa en su rostro, Blanche prosigue:

—¡Y luego «Let It Be», de los Beatles!

—Se lo prometo, Blanche. Y segurísimo que allí estaré.

—Bueno, si no fueras, tampoco es tan importante: mi cadáver permanecerá ahí, pero mi alma estará en otra parte, impregnada de luz.

49

Francia, julio de 2019

Blanche sonríe. Percibe que la abandonan sus últimas fuerzas. Se levanta un poco de aire. La anciana pide a Hugo que la siente sobre la arena. El joven coge en brazos a Blanche y la acomoda entre sus piernas, encima de la arena aún caliente. La rodea con sus robustos brazos. Nota que su respiración se ralentiza y la oye exhalar algunos suspiros. Los dos amigos contemplan la puesta de sol sobre el océano. Las gaviotas bailan por encima de ellos y sus gritos se mezclan con las olas, como un último canto que el mundo le dedica a Blanche, que se marcha de esta tierra. Su respiración se ralentiza aún más. Pronto desaparecerá el sol por el horizonte. Hugo oye una palabra que se escapa de la boca de Blanche, una palabra cuyo sentido desconoce: «Toda». Al rato, Blanche emite un profundo suspiro. Poco después Hugo se percata de que la anciana ha dejado de respirar. La mira. Tiene los ojos cerrados pero tiene la sensación de que su cara resplandece de alegría. La abraza con todas sus fuerzas contra su pecho. Solloza durante un buen rato. Tiende el cuerpo de su amiga sobre la duna y luego pone el «Miserere» de Allegri en el móvil. Abre al azar *Las contemplaciones* para rendirle un último homenaje. Lee despacio, en voz alta, sobre las notas de Allegri, el texto que se ofrece ante sus ojos, escrito por el poeta tras el fallecimiento de su adorada hija. A medida que lo lee, su alma y su mirada se estremecen.

Mañana, al amanecer, a la hora en que el campo
    emblanquece,
partiré. Sé que me estás aguardando.
Iré por el bosque, iré por la montaña.
No puedo vivir lejos de ti más tiempo.

Caminaré absorto en mis pensamientos,
sin ver nada en derredor, sin oír ruido alguno,
solo, desconocido, con la cabeza baja, las manos
    cruzadas,
triste, y el día para mí será como la noche.

No contemplaré ni el áureo sol declinante,
ni las lejanas velas que descienden hacia Harfleur,
y cuando llegue, colocaré en tu tumba
un ramillete de acebo y de brezo en flor.

50

Francia, entre el tiempo y la eternidad

Blanche observa a Hugo leyendo el poema. Está muy tranquila. Luego ve cómo acerca su cuerpo al mar y lo baña. «Cuántas atenciones», piensa. Un sentimiento aún la une a la Tierra: la compasión por Hugo, cuya tristeza percibe. Sigue mirándolo hasta el alba. Hugo pasa la noche acurrucado contra su cuerpo. Tiene el corazón triste y alegre al mismo tiempo. Triste por haber perdido la presencia de su amiga. Alegre por cuánto le ha cambiado este encuentro. Algunas gaviotas emiten sus chillidos para saludar al día que apunta. Hugo se queda dormido. Blanche se acerca cuanto puede y le susurra al oído: «Te quiero, Hugo. Te deseo una vida feliz». Hugo sonríe en sueños. Blanche se aleja despacio. Una columna de resplandeciente luz se abre encima de ella. Se deja aspirar y comienza la ascensión hacia la plenitud de la vida. Su ser está henchido de amor, de alegría, de gratitud.

Agradecimientos

Les doy las gracias de todo corazón a todos los amigos y expertos que me han transmitido sus pertinentes comentarios, sin duda han permitido enriquecer este libro: Julie Klotz, Dra. Marie Juston, Patrice Van Eersel, Astrid Heyman Valois, Marie-Pierre Lenoir, Roselyne Giacchero, Patricia Penot, Dr. Damien du Perron, Nawel Gafsia, Nuria Garcia Rodriguez. Gracias también a mi editor, Francis Esménard, por su confianza y su amistad.

Descubre tu próxima lectura

Si quieres formar parte de nuestra comunidad,
regístrate en **libros.megustaleer.club**
y recibirás recomendaciones personalizadas

Penguin
Random House
Grupo Editorial